KB020074

선우명수필선 41

문패

국립중앙도서관 출판예정도서목록(CIP)

문패 : 홍애자 수필선 / 지은이: 홍애자. -- 서울 : 선우미
디어, 2017
        p. ;   cm. -- (선우명수필선 ; 41)
연보수록
ISBN 978-89-5658-526-0 04810 : ₩5000
ISBN 978-89-87771-09-0 (세트) 04810
한국 현대 수필[韓國現代隨筆]
814.7-KDC6
895.745-DDC23   CIP2017015276

선우명수필선·41

문패

1판 1쇄 발행 | 2017년 6월 27일

지은이 | 홍애자
발행인 | 이선우
펴낸곳 | 도서출판 선우미디어
        등록 | 1997. 8. 7 제 305-2014-000020호
        130-100서울특별시 동대문구 장한로12길 40, 101동 203호
        (장안동 우성3차아파트)
        ☎ 2272-3351, 3352 팩스: 2272-5540
        sunwoome@hanmail.net

Printed in Korea ⓒ 2017. 홍애자
값 5,000원
※ 잘못된 책은 바꿔 드립니다.
※ 저자와의 협의하에 인지 생략합니다.

ISBN 978-89-5658-526-0 04810
ISBN 978-89-87771-09-0 (세트)

선우명수필선 41

문패

홍애자 수필선

선우미디어

글이 좋아서

글이 좋아서 글을 씁니다.

그러나 제게서 태어난 글들이 의미 있는 한 권의 책으로 묶여질 때면 행복하지만 두려움이 더 큽니다.

이제 제 삶을 마무리해야 할 즈음, 선우미디어 선수필의 초대는 앞으로 남아있을 제 문학의 길에 큰 용기를 불어넣어 줄 것입니다.

글을 좋아라하고 달려온 이 길에 뒤늦게 찾아온 큰 행운을 받아 안았습니다. 이제 그만 가슴을 비우고자 망설임 없이 내려놓았는데, 제게 기회를 선물로 주신 선우미디어 이선우 사장께 감사드립니다.

순전한 마음 속 이야기를 읽고 공감하며 사랑하는 이들과 대화의 장을 열 수 있는 글로써 보답하렵니다.

2017년 초여름

홍애진

차례

chapter 3 뒷모습의 대화들

붓끝의 조화

그분들이 다녀 갔나보다

무더위가 극성스럽다 했더니 연달아 부고가 날아들었다. 통계에 따르면 평균 한여름 사망률이 다른 계절보다 현저하게 높다고 하는데 올 여름엔 몇 분이 타계하셨다.

수필계의 원로이신 피천득 선생님이 먼 길에 오르신 후 유난히 무더운 올 유월에 유경환, 공덕룡 선생께서 뒤를 이으시더니 김용복 선생도 합류하셨고 시서화(詩書畵)인 이며 무용평론가 초개(草芥) 김영태 선생마저 가셨다. 그 분들은 무에 그리 바쁘셔서 모두 털어버리고 급히 여행길에 오르셨을까.

작년 내 수필집 표지화를 그려주시고 이어 당신의 시집과 화집, 사진첩을 연달아 출간하시는 영태선생께 "무엇이 그리 급하세요?" 물었더니 빙긋이 웃으며 "급하지…, 내가 지상(地上)에 있을 때 많이 써 먹어"라고 하신다. 선생의 이 말씀 속에는 깊은 의미가 담겨있었는데 아둔한 나는 미처 감지를 하지 못했다.

모두 보석 같은 분들이다. 주옥같은 글들만을 남기고 훌훌 바람타고 가셨다. "삶은 물거품 같은 것"이라고 뇌

이며 헐렁한 바지를 즐겨 입던 초개선생과 유경환 선생과는 어린 시절 잊지 못할 추억거리가 많다.

경복과 진명이 가까이에 있기도 했지만 두 선배님과는 여고시절 동인회를 함께 했고 영태선생과는 음악 감상회 회원이기도 해서 종로 뒷골목에 있는 르네상스엘 자주 다녔다. 유 선생과는 동인지를 여러 호 만들었다. 학교가 끝나면 누상동 유선배의 집으로 가 함께 철필로 글을 쓰고 등사판도 밀었다. 유 선배는 성품이 음전한 여인 같아서 유독 내가 많이 놀려먹기도 했다.

초개선생이 시화전을 열 때면 한두 점 내 것도 걸어주셨고 선생 덕분에 여고 시절을 바쁘게 보냈다. 선생과 연락이 두절 된 것은 대학시절부터였고 수 십 년이 흐른 뒤 지난 5년 전 대학로 아크로극장(전 문예대극장)에서 처음 만났다. 그만의 특유한 모자를 깊숙이 눌러 쓴 작은 사나이가 유심히 눈길을 주기에 누굴까 하는데, 손짓을 한다. 김영태 선생이 빙긋이 웃는다. 얼마나 놀라고 반가웠든지.

귀국한 다섯째 딸의 첫 공연(삼륜차를 타고)에 평론 위촉을 받고 왔노라고 했다. 세월이 유수 같다는 말을 실감하면서 마주 앉아 허브차를 마셨다. 선생은 여전히 작은 여자단화를 신고 있었는데 발이 작아 남자구두는 맞는 게 없어서였다. 그 후부터 딸의 공연이 있을 때마다 빠짐없이 와 주셨고 무용지에 딸의 춤 평론도 여러 번 써주시며 아이를 사랑해 주셨다. 작년 객석 5월호에 실린 '김영태의 시에라'에는 내 수필집과 딸의 춤에 관한 글을 실어 인사를 많이 받았다. 여고시절의 내 모습과 딸의 모습을 비교 분석까지 하여 한층 흥미를 돋우어 주었다.

어느 시인은 초개선생을 "피상적인 모던보이'라고 말한다. 가장 현대적인 감각과 미를 추구하며 현대를 뛰어넘는 모던보이임에 틀림이 없는 것 같다. 그가 남긴 시집과 무용평론집과 컷 류의 그림들은 잊지 못할 소중한 소장품이 될 것이다.

영태 선생 시에라의 한 구절을 소개하고자 한다.

쿠바 민속춤을 보러 갔었다. 객석에 앉아있는데, 어디서 나비 한 마리가 내 옆에 날아왔다. 허 인정이다. 공연장 객석에서 만나면 나는 의자에 앉아있고 나비는 어디서 날아와 내 옆에 쪼그리고 앉는다. 나비는 내 손가락을 잡고 놓지 않는다. 몸이 차가운 늙은 이 손에 온기가 돈다. 계단에 쪼그리고 앉은 나비는 "늘 가벼운 美다".

나비는
풀밭을 지나

징검다리를 건넌다
망설임이 잠시 비친다

내 손바닥 안에서
파닥거린다
떨림이 번지다 멎는다

이상한 색깔 같기도 하고
한없이 비치는 조그마한 천같이….

항암 치료 때문에 얼굴이 뒤틀린 나를 인정이가 걱정한
다. "나는 말이다. ≪양철북≫에 나오는 젊은 오스카야….
지랄같이 부풀다 빵떡처럼 꺼지는 오스카란다." 나비가
웃는다. "그게 뭔데?" 이 사랑스러운 여정.

문화예술계의 거목들이 사라진 서울 곳곳에 그분들의 발
자국이 남아있다. 거목들이 내린 우주 한 곳에는 다시 그 옛
날 낭만이 출렁거리는 명동 같은 거리가 형성될 것이다. 권
력을 길게 물고 흩어지는 연기 속에 시상의 경지로 수필의
세계로 넘나들고 계실 선생들이 그립다. 그곳에는 폭염도
없고 혹한도 없으며 고통과 질시도 모르는 곳. 언제나 예술
의 꽃이 만발해 있고 아름다운 음악이 흐르는 새 천지일 것
이다.

먼저 가신 옛 지인들을 만나 그간의 안부를 묻고 반가
워하며 함께 긴 여정의 우주선을 탈 것이다. 지구상에서
해결될 수 없는 문제들이 모두 해결되는 환희에 젖어 탄

복을 하면서. 그러고는 다시 멋있는 문화 예술의 퍼포먼스를 펼칠 것이다.

열대야에 몸부림치다 깨어나니 내 가슴에 발자국이 찍혀있다. 그분들이 다녀 갔나보다.

(2008)

붓끝의 조화

　모처럼 인사동에 있는 화랑엘 들렀다. 샤갈의 그림을 감상하게 되었다는 설렘으로 그림 앞에 섰다. 그림들은 작가가 무엇을 말하고자 하는지 난해했지만, 그 색채의 신비함은 오직 샤갈만의 비밀인 듯했다. 보는 이의 감성대로 충실하게 느끼고 이해하는 것이 감상의 기초라고 생각하면서도, 세계적인 화가의 그림 앞에서 나는 어떠한 경지에도 이를 수 없음이 부끄러울 뿐이다.

　강렬한 색채의 신비함에 압도당하여 한참동안 그림 앞을 떠나지 못했다. 은은하게 비치는 조명은 색조를 더욱 빛나게 해 주었다. 스위스 취리히에 있는 오래된 성당에 샤갈이 그린 아기 예수와 마리아, 천사들의 그림을 본 적이 있었다. 그런데 오늘은 그때 올려다 본 것과는 다른 느낌이다.

　며칠 전 마음을 다 잡고 담요를 깐 다음 그 위에 앉았다. 먹을 갈면서 십여 년 전에 그렸던 산수화의 필체를 더듬어 우면산을 스케치했다. 과연 제대로 그릴 수 있을까. 언제나 그랬듯이 먹을 갈고 붓을 잡으면 마음이 한없이 숙연해진다. 먹향의 은은함이 코끝에 스미면 가벼운 현기증이 인다. 옛 선비들이 서책을 가까이하며 작은 서신도 붓으로 써 보낼 때의 마음의 자세가 어떠했을는지 조금은 알 것 같다.

독특한 먹향이 방안에 잔잔히 퍼진다. 붓끝에 먹을 고루 묻힌다. 찻길 옆에 서 있는 단풍나무부터 옮긴다. 멀리서 바라보는 나뭇잎 하나하나를 명확하게 그릴 수는 없으나 산수화의 묘미만은 제대로 표현하고 싶다. 채색으로 완성한 그림이라면 아름다운 나무들의 옷을 표현할 수 있을지 몰라도 붓끝으로 표현하는 산수화의 신묘한 선을 따라갈 수는 없다.

이따금 종로에 나갈 적마다 인사동에 있는 화랑에 들른다. 발길 닿는 곳으로 들어가 전시된 그림을 감상한다. 어느 날 우연히 장애우의 그림 전시회를 보게 되었다. 놀랍게도 이십여 점이나 되는 그림을 입으로 그렸다고 한다. 붓을 입에 물고 그린 그림들은 하나같이 섬세하고 선이 아름다웠다. 가슴이 벅차고 목이 메어왔다. 작가의 마음이 환히 들여다보이는 듯했다. 어떤 말이 하고 싶은지, 벅차오르는 기쁨과 감당할 수 없는 고통을 세세하게 표현하고 있었다. 어떤 예술이든지 자신의 혼을 불사르지 않으면 상대에게 감동을 줄 수 없다. 그림 속의 경지를 따라잡을 수는 없지만 눈으로 마음으로 느끼고 가슴으로 찡해오는 아픔이 찾아올 때, 그 때야말로 붓끝의 조화에 압도당

하는 것이다.

　사실적인 것에서부터 반추상적인 것으로 다가가면서 미처 따라가지 못하는 아쉬움으로 끝나 버리는 감성이 아쉽다. 음악을 들으면 현대곡이나 고전을 접할 때의 느낌이 다르다. 그러나 연주자가 쏟아내는 감동에 따라 느낌은 동일할 수도 있다. 그림도 작가의 붓놀림으로 보는 이로 하여금 공감대를 통한 감동에 젖어들게 하지 않을까.

　샤갈의 전시회는 내게 언제 다시 만날 수 있을지 모를 행운의 시간을 안겨주었다. 그의 작품세계를 완벽하게 이해할 수는 없었지만 고뇌와 고통을 승화시킨 빛나는 결실처럼 보였다. 신비한 색채의 비밀과 그만의 아름다운 붓끝의 조화로움이 감동의 세계로 이끌었다.

　불현듯 낙조를 바라보며 그 아름다움이 사라질 것을 애석해하는 마음으로 화랑을 나왔다. 책에서만 대했던 샤갈의 숨결을 마주했다는 것만으로도 얼마나 뿌듯하던지.

(2005)

사랑의 승리

　어느 해 겨울이었다. 거리엔 크리스마스캐럴이 흐르고 이곳저곳엔 쏟아지는 별을 받아 안듯 현란하게 장식된 트리들이 내 발걸음을 멈추게 했다. 설레는 마음을 진정시키며 미술관 문을 열고 들어섰다. 훈훈한 분위기가 감도는 전시장 안에서 아주 스마트하고 조금은 날카로운 듯하나 사랑이 가득한 눈망울을 가진 청년을 만났다. 청년은 휠체어에 몸을 싣고 이리저리 바쁘게 하객들을 맞이하고 있는데 그 모습이 얼마나 활기차 보이는지 콧등이 시큰해졌다.

　그림은 한 점 한 점 그 청년을 닮아 맑고 청순해 보였다. 온유한 색채와 오묘한 선의 흐름이 신기하게도 비상한 힘을 뿜어내고 있다. 그림 앞에 서서 나는 솟구치는 감동을 억제하지 못했다. 손으로 그린 것도 아니고 입에 붓을 물고 이 많은 그림들을 그렸다니, 남의 경사스런 일에 자꾸 눈물을 닦아내는 내 모습을 들키지 않으려고 화장실을 드나들었다. 내 눈앞에는 믿을 수 없는 일이 펼쳐지고 있었고, 청년은 자신의 불행을 행복과 기쁨으로 승화시킨 것이다.

그 청년이 오늘은 또다시 두 번째 삶의 골인 점에 승리의 깃발을 꽂았다. 웨딩마치에 맞추어 서서히 휠체어에 몸을 싣고 입장을 하고 있다. 순간 억제할 수 없는 오열이 일었다. 이렇듯 기쁘고 축복된 자리에서 그의 뒷모습을 지켜보며 감정을 주체할 수가 없는 것은, 그렇다면 나는 청년을 진정으로 이해했던 게 아니지 않는가. 서서히 입장하는 신부의 아리따운 자태는 마치 두 날개를 달고 있는 천사의 모습으로 비춰져 숭고함마저 느끼게 한다. 모든 것을 초월한 순전한 사랑을 보아서일까.

결혼식에는 지체가 부자유스러운 축하객들이 많이 와 있었다. 그들의 얼굴은 상기되어 있었으며 기쁨이 가득해 보인다. 두 젊은이를 바라보는 그들의 표정은 내가 느끼는 것보다 몇 배나 크고 뿌듯해 보인다. 식장 안은 열기가 넘쳤다. 비록 몸은 부자유해도 아무 거리낌 없이 당당하며 자신감이 넘치는 두 사람의 모습은 바로 승리자의 그것이었기 때문이다.

우리 주위에 육체는 정상적이나 정신에 장애가 있는 사람들을 많이 볼 수가 있다. 그들은 자신이 정신적 장애가 있다는 사실을 알지 못한 채 살아가고 있기 때문에 상대에게 던져주는 폐스러움을 전혀 느끼지 못한다. 또한 자신의 울타리 속에서 아집과 편견으로 모든 일을 해결하고자 하니 타인에게 상처를 입힐 수밖에 없다. 이런 사람들에 비해 몸은 병들었다 해도 건강한 정신으로 자신의 몫을 다하고 있는 이들이야말로 정녕 이 시대에 필요한 참 일꾼이 아닐까 싶다.

신랑은 상기된 얼굴로 하객에게 미소를 보낸다. 그런 모습을 보면서 가족은 물론 하객들마저 눈물을 닦아내며 대견해 한다. 이제 막 남편이 된 신랑의 휠체어를 밀며 서서히 퇴장하는 신부가 활짝 웃고 있다. 꾸미지 않은 미소와 표정을 보니 만감이 교차한다. 참으로 행복해하는 신부를 바라보면서 왠지 측은한 마음이 앞서는 것은 아직도 그들만큼은 순수하지도 용감하지도 못하기 때문일 것이다.

그러나 그것은 순수나 용감함이 아니라 숭고한 사랑의 힘인 것을 알았다. 이 두 젊은이들을 바라보면서 과연 이들이야말로 진정 사랑의 승리자임을 다시 한 번 확인하는 시간이었다.

(2000)

아버지의 고드름

오늘은 아버지의 기일이다. 어느덧 타계하신지 십 수 년이 되었다. 언제나 이 날만 되면 새해를 맞아 기뻐하시던 아버지의 모습이 생각난다. 텔레비전을 보시면서 종각의 타종을 세고 카운트다운을 외치시던 환한 얼굴이 어제 일처럼 생생하다.

형제 없이 혼자인 딸을 늘 안쓰러워하시며 나와 함께 지내시는 것을 미안해하셨던 아버지는 스스로 건강을 관리하시고 어떤 일이든지 홀로서기를 하여 딸에게 부담을 주지 않으려고 무척이나 애쓰셨다.

1·4후퇴 당시에 서울을 빠져나와 기차에서 내린 곳이 천안이었다. 원래 종착역은 부산이었는데 무슨 일인지 객차 다섯 칸을 떼어놓고 가버리는 바람에 어쩔 수 없이 그곳에 내려야 했다. 천안읍내에서 거의 40리 길을 걸어 장수라는 마을로 들어섰다. 50여 가구가 옹기종기 모여 사는 조용하고 평화로운 곳이었다.

우리는 거처할 곳을 찾다가 이 마을 최고령 어른을 만났다. 흰 바지저고리를 입고 망건을 쓰신 할아버지가 긴 담뱃대를 들고 계신 모습이 내 눈에는 매우 신기해 보였다. 아버지와 그분이 말씀을 나누시는 동안 나는 안마당 한 쪽에 세워둔 자전거를 타고 신나게 마당을 빙빙 도는데 별안간 그 어른이 곰방대를 휘두르며 큰 소리로 야단을 치셨다. "계집아이가 자전거를 타다니, 말세다 말세야." 하면서 무언가 집어서 던지기 시작하는데 알고 보니 마른 소똥이었다. 나는 놀라 비틀거리다가 마당 한쪽에 있는 돼지우리로 돌진해버렸다.

아버지가 방을 구하셨다고 짐을 옮겨 들어 간 곳에 소똥을 던진 할아버지가 서계시지 않는가. 바로 그분 집의 사랑채 윗방이었다. 움찔하며 눈치를 보는 나에게 할아버지는 빙그레 웃으시며 따뜻하게 맞이해 주셨다.

마치 새로운 세계로 들어온 듯 흥미를 느끼며 여기저기 돌아다니면서 구경을 했다. 짚으로 엮어서 올린 초가지붕과 처마에 매달려 있는 투명한 고드름이 햇빛에 오색을 담고 있는 것이 어린 내게는 환상적으로 비춰졌다. 싸리나무를 얼기설기 엮어 만든 낮은 대문을 활짝 열어놓고 사는 동리의 푸근한 인심도 보았다. "엄마 피란 온 거 참 좋다. 그치. 엄마도 좋지?" 철딱서니 없는 어린 딸이 딱하다는 듯 웃음으로 대꾸하셨던 어머니, 피란지에서 보낸 시간이 내겐 영원히 잊지 못할 추억으로 지금까지 선명하게 남아있다.

내가 결혼 후 딸만 내리 다섯을 출산할 때까지 아버지

는 이화동 옛집을 지키며 홀로 사셨다. 남편은 혼자 계신 장인을 모셔오려고 수차례 아주 간곡하게 말씀드렸으나 손사래를 치며 사양하셨다. 그 때마다 나의 마음은 몹시 아팠다.

기어이 여섯째로 아들을 낳았다. 소식을 들은 아버지는 만세까지 부르며 기뻐하셨고 아기가 백일이 되기도 전에 우리 집으로 들어오겠다고 하시는 게 아닌가. 딸만 낳는 당신의 딸을 대신해 사위에게 면목 없었던 아버지, 그런 연유로 사위집에 들어오기를 주저하셨던 아버지의 심경을 알고 나니 얼마나 가슴이 아프던지, 아버지를 붙들고 웃고 울었다.

아버지는 매일 오전이면 양복을 골라 입고 행복해 하며 나가신다. 이른 아침에 아이들 등교를 시킨 후 기사가 아버지를 모시고 탑골공원으로 떠나는 차 뒷모습을 바라보며 눈시울을 적시곤 했다. 하루도 빠짐없이 해 드리는 이 일이 아버지께 효라 할 수는 없지만, 그래도 아버지께서 그토록 좋아하시니 나 또한 뿌듯하기 그지없었다.

언젠가 대단히 추운 날이었다. 아버지는 사위가 사다드린 밍크 모자를 쓰시면서 꽤나 즐겁게 나가셨다. 오후에 모시러 가야 하는데 그날따라 아이들 퇴교시간이 맞지 않아 30분이나 늦게 도착해보니 아버지가 공원 밖 담 밑에 떨고 서 계신 게 아닌가. 급히 아버지를 모시려는데 아버지 코 밑에 두 개의 작은 고드름이 매달려 있었다. 주차가 어려운걸 아시고 미리 나와 기다리다가 콧물이 흘러 고드름을 달고 계신 아버지. 나는 아버지를 얼싸안으며 울음을 터트리고야 말았다.

아버지가 떠나신 지 20여 년이 지난 오늘에도 그분의 고고하고 순전한 성품을 잊지 못한다.

햇빛에 영롱한 무지개색이 반사되어 수정 같은 기다란 얼음을 보고 신기해했던 어릴 적 피란처의 고드름, 혹한에 떨고 서 계셨던 아버지의 콧물 고드름을 떠올리니 별안간 가슴이 먹먹해진다.

사진 속 아버지가 빙그레 웃고 계시다. "내 콧물고드름이 그렇게 슬펐냐?"

아버지는 여전히 철없는 딸을 놀리는 게 재미있나 보다.

(2003)

어디에 있는가

눈을 떴다. 새벽하늘이 잿빛이다. 4月 16日 그날이다. 2년 전 오늘 아침 8시50분경 수학여행을 떠난 단원고 학생들이 승선한 세월호가 침몰했다.

구조할 수 있는 100분의 시간을 흘려버린 관계자들의 무책임한 행위로 해서 어린생명들이 탈출시도조차 하지 못한 채 배는 가라앉기 시작했다. 마지막 선체의 끝부분마저 완전히 삼켜버린 바다는 아무 일도 없었던 듯 물살만 출렁이고, 오, 탄식하는 수많은 부모들의 피를 토하는 통곡이 온 바다를 뒤덮었다.

애를 태우며 지켜보는 사람들의 마음을 아는지 모르는지, 하루가 지나도록 구조가 되기는커녕 흔적도 없이 가라앉은 배의 그림자라도 붙잡아 보고 싶은 절절한 부모들은 선체에 남아있는 아들딸들의 생존만을 바랐지만 점점 죽음의 예감은 짙어만 갔다.

삼백여 명의 어린 청소년들이 한껏 부푼 마음으로 배에 올랐을 텐데 어쩌다가 이런 엄청난 불행이 찾아 든 건지, 그저 마음속으로 그들을 위해 간절한 기도밖에는 아무 것도 할 수 없다는 안타까움을 추스르며 그저 기다릴 뿐이었다.

둘째아이가 예술의전당 교향악축제 협연을 하기위해 잠시 귀국해 있었고, 사위가 소속된 스위스 톤할레 오케스트라가 내한하여 4월 27일 저녁 콘서트홀에서 공연이 있는 날이어서 무거운 발걸음으로 공연장엘 갔다.

공연이 시작되기 전 백여 명의 오케스트라 단원들이 무대에 오르고 호른주자가 나와 세월 호에 승선한 학생들이 희망의 끈을 놓지 않기를 바란다고 서툰 한국말로 절절하게 호소를 했다. 관객들 모두가 눈시울을 적시며 두 손을 모으고 기도하는 마음이었다.

문화계 공연들이 속속 취소되고 모든 이들은 안타깝게 뉴스를 지켜보았다. 참사가 일어날 때마다 당국관계자들은 안이한 태도로 일관하며 책임지는 일 없이 남의 탓으로만 돌려 국민의 분노를 샀다. 어느 누구를 탓한들 무슨 소용이 있겠는가, 이미 벌어진 일에 책임운운은 뒤로하고 수습에 최선을 다 해야 하는 시점에서 너무도 속이 훤히 보이는 변명만을 일삼고 있다니 한심한 노릇이 아닐 수 없다.

죽음의 그림자는 이미 드리워지고 있었다. 생존을 바라는 마음으로 '시간아 멈춰라 생명을 끌어안고 멈춰서라' 온 국민들의 간절함을 거역한 채 기어이 어린 생명들은 물속에 잠겨 아무 소식도 모르는데, 생명을 부지하려는

추악한 관계자들의 모습을 영상으로 바라보며 가슴이 터질듯 한 아픔과 분노가 일었다. 그러나 한편 그 상황에도 스스로 자신을 희생하여 한 사람이라도 더 구하고자 애쓰는 감동의 장면과 구조를 하다가 목숨을 잃은 사람들, 그들을 보며 눈물을 금할 수 없었다.

참사의 호곡이 그치지 않았는데 세월은 흘러 2년, 오늘이 되었다. 아직도 저 깊은 바다 속 선체에 남아있는 아들딸을 만나지 못한 부모의 부르짖음이 들리는가. 피가 솟구치고 몸부림치는 슬픔을 누가 감히 함께 할 수 있다고 말 할 수 있을까. 너무나 허무하고 어처구니없었던 당시의 참사를 되새기니 가슴뿐 아니라 뼈마디마디가 경직되는 듯하다.

이 사회의 침몰이다. 사람보다 돈, 사람보다 명예, 사람보다 효율성을 중시하는 사회가 되었다. 세월 호 배 한척의 침몰이 아니라 나아가 이 나라의 침몰이다. 304명의 봉오리들이 채 꽃도 피우지 못하고 다 스러져갔다. 우리의 자녀들, 내 아들 내 딸들의 얼굴을, 단 한 번만이라도 만져 볼 수 있다면. 그 작은 소망조차 이룰 수 없는 찢어지는 아픔과 오열의 함성이 온 바다에 핏빛으로 휘몰아쳤다.

황사로 덮인 뿌연 하늘 어디선가 해맑은 얼굴들이 웃는다. "나 여기 있어 엄마!" 손 흔드는 아들딸의 환영을 따라가며 안아주고 싶은 엄마들이 달린다. 바람을 따라 구름을 좇으며 붉은 저녁 놀 속에 내 딸이 내 아들이 손짓하는 환상을 찾아 달린다. 헤헤거리는 아이의 환청이라도 들을 수만 있다면, 수십 년이 걸릴지라도 달려가고 싶은 엄마 아빠들.

집 앞 골목으로 재잘대며 지나가는 아이의 친구들을 따라간다. 그 애들에게서 사랑하는 딸과 아들의 목소리를 듣고 웃음소리를 듣는다. 그리움이 하나 가득 가슴에 차고 넘치다가 급기야 목 젓을 울리며 터져 나오기 시작한다.

"애들아 모두 어디로 갔어? 어디에 있는 거야?"

아들 딸의 분신을 가슴에 부여안고 살아가야하는 부모처럼, 절대로 묻혀버려서는 안 될 그 날의 비극을 영원히 잊어서는 안 될 것이다.

어린 꽃봉오리, 꽃들이여 너희는 어디에 있는가.

(2016)

영혼의 향기

　동숭동에 있는 '뚜레박' 소극장에 갔다. 언제나 낭만이 출렁이는 동숭동 거리, 마로니에 공원의 추억들이 감동으로 떠오르는 이 길을 딸과 손을 잡고 걸었다. 옛 서울대가 있을 때 거닐던 느낌과는 판이하게 다르다. 조금 산만하지만 시대에 맞는 낭만이 교차하는 대학로를 걸으니 나까지 젊은 세대의 흐름에 동승한 듯싶었다.

　딸애와 동창인 N군의 연극을 보기 위해 소극장으로 들어섰다. 어두컴컴한 층계를 더듬더듬 내려서니 희끄무레한 알전등이 여기저기 걸려 있는 작은 무대가 눈에 들어왔다. 한쪽 옆에 4인조 밴드가 흥을 돋우며 연주를 하는 모습이 인상적이었다. 흡사 지하주점을 연상시키는 분위기가 여느 극장과는 다르다. 이곳 젊은이들은 그저 연극이 좋아서 모이는 연극광들이라고 한다. 배우들이 미친 듯 연기에 열중하는 모습을 바라보던 나는 가슴에 뜨거운 것이 울컥 치밀어 올랐다. N군은 땀으로 온몸을 적시며 그야말로 혼신을 다하여 열연하고 있었다.

　그는 초등학교 6년간을 줄곧 수재 소리를 들으며 졸업

했다. 그런데 모 대학 연극영화과에 입학했다는 소식을 들고 의아하기는 했지만, 소신 있는 그 아이의 결정을 대견하게 생각했다. 흔히 하고 싶은 공부가 있어도 부모나 사회의 영향을 받고 자신의 의지를 꺾는 경우가 허다한데, 역시 주관이 뚜렷한 청년이라 그럴 수 있었겠다는 생각을 했었다.

몇 시간 동안의 연기를 위해 몇 달을 연습에 몰두해야 하는 것이 어디 연극뿐이겠는가. 딸들의 연주를 보고 있노라면 두 시간의 공연을 위해 오랜 시간 최선을 다 해 연습에 임하는 모습이 떠올라 눈시울이 젖을 때가 많다. 혼신을 다해 춤을 추는 무용수들, 하나의 도자기가 가마에서 구워져 나오기까지 거듭되는 실패를 이겨내야 하는 도공의 끈기, 하나의 작품이 완성되기까지 화가와 조각가의 외로운 싸움은 또 어떠한가. 어떤 분야이건 완성의 실체는 곧 그 사람의 영혼의 향기가 아닐까 싶다. 그래서 하나의 예술 작품을 성숙시키기 위해 작가나 배우는 온전히 자신의 혼을 불어넣는 것인지도 모른다.

N군의 열연하는 모습은 많은 관객들에게 감동을 불러일으켰다. 모두 한 마음이 되어 울고 웃었다. 나와 딸애도 눈시울을 적셨다. 극장 안은 배우와 관객이 하나가 되어 그가 울면 함께 울고 그가 고민하면 함께 고민하는 모습으로 변해갔다.

무대에는 먼 이국땅에서 향수에 몸부림치는 애절함이

엉키듯 떠다녔다. 그는 지금 가장 행복하고 가장 슬픈 감정의 엇갈림을 표현하고 있는 것이다. 인간이 느끼고 표출하는 갖가지 표정들을 그는 적나라하게 보여주고 있다. 객석에는 정적만이 흘렀다. 긴 터널로 한없이 빨려 들어가는 듯 그렇게 관객들은 숨을 멈춘 채 배우를 바라보고 있었다.

언젠가 TV에서 주부 연극인들을 소개한 적이 있다. 중년 주부들이 모여 자신들이 살아온 경험을 토대로 열연하는 모습을 보면서, 문득 그들과 함께 하고 있는 자신을 발견했다. 나도 그 무대에 합류하고 싶은 욕구가 솟구쳤다. 목이 쉬도록 열연하는 배우 모습이 나를 감동시키며 그들의 세계로 이끌어가고 있었기 때문일까. 억압된 사회구조, 가정에 묻어 두었던 욕구가 한꺼번에 분출하여 활활 타오르는 클라이맥스. 흥분의 도가니 속으로 몰아가는 처절한 몸부림이 사랑과 환희로 승화되는 모습들이었다.

밖은 캄캄해졌다. 대학로에 번쩍이는 네온사인이 가늘게 떨고 찬바람이 옷섶으로 파고든다. 딸애와 팔짱을 끼고 지하도 계단을 내려갔다. 풀무질에 출렁이는 불꽃처럼 예술가들의 영혼의 향기가 내 몸을 뜨겁게 불사르고 있다.

(2005)

웃음 뒤에 숨은 눈물

힐튼호텔 뷔페 장은 만석이었다. 저마다 부모님을 대동한 자녀들의 모습들로 북적인다. 조찬에 이어 브런치라는 브랜드로 서구의 식문화를 들여온 이벤트가 성시를 이루고 있다.

아이들과 자리를 잡고 앉았다. 아침 겸 점심식사를 하는 여유와 어버이날의 의미가 담긴 자리를 마련한 사위가 대견스럽다. 분위기가 좋고 음식도 다채로워 흥겨운 시간을 만끽하도록 호텔 뷔페 장에는 화기가 가득하다. 저마다 평소 부모님께 다하지 못한 효도를 마음껏 최대한 전달하고자 애씀이 역력하다. 이곳저곳에서 왁자한 웃음이 천장으로 날아다닌다.

순간 콧날이 시큰해진다. 바쁜 현대사회에서 저희들의 생활도 동분서주하느라 힘이 들고 어쩌면 어깨가 무겁고 부담스러울 때도 있을 것인데, 엽엽하게 마음을 써 주는 것이 고맙다.

아이들이 안겨주던 환희와 꿈같은 세월은 눈 깜짝할 사이 지나가고 성인이 된 아이들은 저마다 자신의 삶을 가꾸며 제 아이들의 부모가 되어 지난날 우리의 모습으로 닮아가고 있다. 계절의 꽃과 나무들, 그 모양새가 각각이듯 아이들 삶의 그릇도 이 모양 저 모양으로 버거울 텐데, 우리 내외를 위해 애쓰는 사위가 안쓰럽기만 하다.

언젠가 독거노인이 거처하는 곳을 찾은 적이 있다. 과연 우리네가 방문하여 그분들에게 무슨 도움이 될까 싶었다. 한순간 찾아가 위로하고 격려했다고 그분들의 고적함과 삶에 희망을 되찾게 할 수 있을까.

노인들은 함박웃음으로 우리를 맞이했다. 이곳을 찾아주는 이가 그리 많지 않은 듯 여간 반기는 게 아니었다. 저마다 바쁜 생활을 보내며 타인의 마음을 보듬어주기가 힘든 세태에 자식인들 나무랄 수가 있을까. 예전에 나 또한 부모님들이 외로우실 거라는 생각을 하지 못했다. 그저 받는 기쁨에만 매달려 나 자신만을 챙기기에 바빴던 것 같다.

점점 자기주장이 강해지고 이기적인 자식들을 보며 섭섭함에 눈물 흘리는 날들이 더 많았을 부모님. 자신들의 실수는 덮어주기를 바라면서도 부모님을 불편하게 여기는 자녀들 때문에 마음으로부터 시리고 외로운 날들이 많으셨을 어르신들 생각에 가슴이 먹먹해졌다.

모두들 이런 마음일까. 우리 일행은 눈시울을 붉히며 돌아섰다. 그분들도 자녀들이 있을진대 어떻게 이런 곳에서 독거하고 계실까. 옛 고려장 생각이 떠올라 가슴이 메어왔다. 그 시절엔 식솔들을 부양하기가 어려웠기 때문이라지만, 현대에서 일어나는 부모 박대는 어디에 기인된 것일까. 깊은 주름 속에 적적함과 서글픔을 감추고 환하게 웃어주는 어르신네들의 눈물을 가슴으로 받아 안았다.

부모님이 웃는 모습을 보면서 자녀들은 마음을 놓는다. 그 웃음 뒤에 숨은 눈물은 미처 보지 못하는 자녀들. 이따금 지하철이나 버스 속에서 나이 드신 분들을 만날 때마다 얼굴에서 고뇌의 터널을 지나온 세월의 이야기를 읽는다. 깊이 팬 주름, 생기가 가신 눈동자, 허물어진 볼에서 세월의 덧없음이 보인다. 저분의 자녀는 어떤 사람일까, 무엇을 하는 사람일까, 노구를 이끌고 다니는 부모의 모습을 한번쯤 생각해 본 적이 있을까.

언젠가는 우리도 자신의 부모님처럼 그런 모습으로 변해갈 것인데. 웃음 뒤에 숨어있는 눈물, 그 눈물을 먹고 지금의 이 자리에 서 있음을 알아야 하지 않을까.

사위가 내게 손을 내민다. "저쪽에 어머님 좋아하시는 게가 있어요." 사위와 손을 잡고 게를 잡으러 간다.

(2013)

축(軸)

　충청도지방에 갔다가 장수(長壽)마을에 들렀다. 이곳은
1·4 후퇴당시 부모님과 피란을 했던 곳이다. 일행에서 빠
져 버스를 타고 한참을 들어가면서 감회가 새롭고 가슴까
지 설렜지만 전혀 알아볼 수 없이 변해버려 실망을 하면
서도 한 두어 곳 낯익은 곳을 만나 무척 반가웠다.

　저만치 모터를 단 수레가 오고 있다. 바라보고 있자니
그때 적 우마차에 올라타고 좋아했던 내 어릴 적 모습이
떠올라 감회가 새롭다. 60여 가구가 사는 이 동네는 거의
농가가 대부분으로 짚으로 엮어 올린 초가지붕이 매우 인
상적이었고 소가 끄는 쟁기와 볏짚을 두드리는 도리깨도
신기했다. 교통수단으로는 유일하게 소달구지와 수레가
전부였는데, 마차를 탈 때마다 가느다란 바퀴가 기우뚱거
리면서 돌짝길과 흙길을 잘 굴러가는 게 무척 흥미로웠
다. 무거운 짐을 싣고 여러 사람이 올라타도 바퀴는 잘 굴
러갔다.

　수레를 처음 타보는 내게는 궁금한 게 한두 가지가 아
니었다. 바퀴를 자세히 들여다보니 바퀴 중심에 가느다란

살들이 꽂혀있고 그곳에 매달린 살들은 중앙 둥근쇠에서 힘을 받고 돌아가는 것 같았다. 수레에 올라타고 시골 오일장 구경을 가노라면 늘 바퀴에 비밀스런 신기가 감춰져 있는 것처럼 여겨졌다. 궁금해서 묻기라도 하면 어른들은 "축이라는 게 있어서 잘 구르는 거란다."라고 대답해 주었다.

몇 해 전 캄보디아 앙코르와트를 관광한 적이 있다. 그곳의 건축물들은 이미 수백 년 전 공법으로 만들어졌다는데도 돌을 쌓아올린 어느 한 부분마다 기이하게 깎아 만든 돌못이 박혀 있었다. 돌담의 건조나 습기에도 견고하게 유지될 수 있도록 균형을 잡아준다는 돌못, 바로 축의 역할임을 가이드는 알려주었다. 세밀히 살펴보니 거대한 돌기둥과 벽면 여러 군데군데에도 돌못이 박혀있는 것을 볼 수 있었다. 그 시대에 이미 이렇듯 신묘한 공법이 있었다니 놀랄 일이었다. 거대한 빌딩과 끝이 보이지 않는 성곽들, 하늘을 돌파하는 우주선과 모든 문명기구들마다 어딘가에 박혀있는 축의 힘이 있음이었다.

신문에서 이라크 한국인 참사를 읽었다. 아내와 자식이 만류하는 것을 뿌리치고 이락현장으로 떠났던 아버지가 유명을 달리했다. 마치 수레바퀴에 축이 빠져버린 것처럼 아내와 자식의 받침대가 되었던 가장을 잃었다. 석가래가 무너져 내리고 주춧돌이 튕겨져 나온 듯 가정은 균형이 깨지고 말았다.

수레의 축이 있듯이 가정에는 가장이라는 축이 있다. 축을 중심으로 부모님과 아내, 자녀들이 바퀴의 살처럼 한 곳을 향해 꽂혀 있다. 화목과 평화 가운데 웃음이 그치지 않고 사랑이 샘솟는 것은 가장이 중심이 되기 때문이다.

곳곳에 많은 노숙자들, 그들은 각 가정의 축이었으나 직장을 잃고 소외당하여 제 자리를 잃고 말았다. 가족에게조차 말 할 수 없는 고뇌와 번민을 부여안고 방황하고 있다. 어디든 오라는 데가 없고 반겨주지도 않는다. 일자리를 찾아 헤맸으나 하루 노동조차 차례가 오지 않는다.

가족과 함께 솟아오르는 해를 맞이하던 신년의 감격도 무의미 했다. 어떤 일이 일어나든지 가장과는 상관이 없다. 무기력과 상실감에 쌓인 채 하루하루를 연명할 뿐, 가장의 존재나 부재는 아무 의미도 없어진 채.

축은 있을 자리에 꽂혀있어야 한다. 단 0.1mm의 오차만 있어도 중심이 흔들리고 무너지고 만다. 빠질 듯 뒤뚱거리며 굴러가는 수레바퀴가 예사로 보이지 않는다. 방향을 잃고 방황하던 축이 제 자리를 찾아 꽂힐 때, 여린 살들은 비로소 견고해진다는 것을 알게 되었다.

(2012)

평형수

TV 뉴스에서 비극의 영상을 본다. 세월호사고의 안타까운 기억이 채 가시기도 전에 또 다시 낚시 배 돌고래호가 손바닥 뒤집듯 순식간에 전복된 보도는 세월호 참사를 다시 떠오르게 하는 아픔이다.

어느 책에선가 '평형수'에 관한 글을 읽은 적이 있다. 평형수가 필요한 곳은 선박뿐만 아니라 인간 세계에도 없어서는 안 될 매우 중요한 규례로서의 장치가 반드시 필요하다고 한다.

평형수란 배의 밑바닥에 형평에 맞도록 물을 채워 넣었다 뺐다 하는 것으로, 승선객의 수와 화물무게와 배 밑바닥에 채워 넣은 물의무게가 잘 맞게 되어야 선체복원력이 생기게 된다. 적재화물이 많을 때는 물을 빼주고 적재량이 적을 때는 바닷물을 채워 선체가 기울거나 전복이 되지 않도록 비중을 맞춰 준다면 위험도를 낮춰 사전사고를 막아주는 역할을 하는 것이라고 한다.

지난해 50여 년간 우정을 나누던 자매 같던 친구를 잃었다. 그들 부부는 40년 전 미국으로 이민을 간 친구인데,

한국에 여행을 나올 때 마다 매해마다 내게로 와서 여장을 풀고 한 달씩 지내다가 돌아가곤 했다.

작년 4월에도 여느 때와 같이 우리 집에서 두 달 간을 머무르게 되었다. 어찌 두 달 간이나 머무르는가 싶어 물었더니 "우리가 언제 또 올지 모르잖아" 친구는 비행기를 타는 시간이 너무 오래 걸려 힘이 든다면서 장기간 지낼 것에 대한 설명을 한다. "그렇지 이젠 나이도 있는데, 자주 한국에 오기가 힘들 거야" 나는 그렇게 응수하며 최선을 다해 편히 지내도록 배려를 하기로 했다. 친구에게는 서울에 살고 있는 남동생이 셋이나 있고 남편 쪽 형님 댁도 강남에 있지만 고국을 찾을 때마다 친척 댁에 단 하루도 가 있지를 않는 것이 조금은 의아스럽기도 했다.

차츰 지내다보니 긴 세월 타국생활에 젖은 친구네와는 생활습관은 물론 문화조차 이질감이 있음을 알게 되었다. 웃자고 하는 가벼운 농담 한 마디에도 곡해를 하고 자주 서운한 내색을 한다. 조심스레 빙판 위를 걷듯 차츰 그들에게 신경을 쓰게 되었고 떠날 때까지 편하고 부담스럽지 않게 해주려고 노력을 했다. 늘 그리워하며 보고 싶던 친구인데 반갑고 즐겁던 시간보다는 점점 무겁고 심각한 나날이 되어갔다.

한국을 떠나던 날 눈시울을 적시며 친구를 배웅하면서도 혹시 이 시점이 친구와 마지막이 되지 않을까하는 두려움이 일었다. 미국으로 돌아간 친구가 메일을 보내왔다.

"우리 이제 한국에 갈 일이 없을 것 같다. 너는 모든 게 풍요하고 자식들도 잘 키워 성공했지만 나는 그렇지 못해서 미안하다. 두 달 동안 고마웠다" 청천벽력이란 이럴 때 쓰는 말이 아니던가. 친구의 메일을 읽고 또 읽으면서 과연 내가 그녀에게 무엇을 어떻게 서운하게 했을까를 짚어보았지만 도무지 알 수가 없다. 며칠을 고민하며 생각하다가 문득 친구와 나 사이에도 평형수가 깨져버린 것은 아닌가 싶었다. 오랜 타국에서의 생활이 친구의 푸근한 가슴을 메마르게 만든 것은 아닌가 싶어 마음이 아프다.

오랜 날 동안 그녀의 메일을 읽고 또 읽으며 밤낮을 괴롭고 고통스럽게 보내다가 서서히 나 스스로를 다스리기로 했다. 그제야 새삼 깨달음이 왔다. 선박에서 반드시 평형수가 필요한 장치로 있어져야 하는 것처럼 역시 가족이나 이웃, 서로 소통이 잘 안 되는 타인이라도 기본 도리와 양보와 배려가 우선이 되어야 한다는 생각이 가슴을 친다.

친구의 얼굴이 어른거린다. 고국을 찾아와 하루하루를 아끼며 장돌뱅이처럼 쏘다니던 친구와 나, 한 곳이라도 더 가보고 싶어 어린아이처럼 졸라대던 친구가 보고 싶다. 문득 문득 나 자신도 모르는 사이 친구에게 상처를 심어준 것은 아닌지 자꾸 돌이켜 본다.

비록 50년 친구는 잃었지만, 평형수의 귀한원리를 내 일상에 필요한 지침으로 여기며 살아가고자 한다.

(2016)

지울 수 없는 기억들

하늘이 캄캄해지면서 천둥 번개가 요동을 친다. 매년 장마가 소강상태 될 즈음이면 어김없이 찾아올 태풍에 온 신경을 곤두세우는데, 올해는 이 정도로 대신하면 얼마나 좋을까 싶다.

얼마 전 책상에 앉아 수년 전부터 정리해야 할 지인들의 전화번호를 보고 아연 놀래지 않을 수 없었다. 이름 석 자와 번호는 있는데, 이미 타계하신 분들의 모습이 희미하게 지워지고 있는 게 당황스러웠다. 미처 인지되지 않았던 상황을 맞닥뜨리니 순간 머리가 핑 도는 것 같다. 그렇다. 십 수 년 전부터 내 주변에서 아끼고 소중히 여기던 분들이 한 분 두 분 떠나가시며 바쁜 일상 속에 그분들이 차츰 잊혀지고 있었던 것이다. 그 당시 마음을 가누지 못한 채 노트 한 쪽에 남겨 두었고, 오랜 세월이 흐른 지금도 역시 나는 그 분들의 번호를 새 노트에 옮겨 쓰고 있으니, 받을 사람은 없으나 소인 없는 편지를 쓰면서 허전한 가슴을 채우고자 하는 마음에서일까.

타계한 20여 분들의 전화번호만을 한 페이지에 적으며

더욱 마음이 아픈 것은 심지어 우리 음악실에서 연습을 했던 외국음악가들 중에 다섯 분이나 떠나셨다는 사실이다. 지금까지도 그 분들의 음악이 귓전에 잔잔히 들리는 듯하고 사인북을 펼치니 정겨운 글귀가 마음을 흔들고 있다.

딸들이 다 연주자이고 보니 매년 공연이 그치지 않고 열린다. 매번 귀찮을 정도로 초대 전화를 할 때마다 반갑게 응대하시며 늦은 밤에도 참석해 주신 분들, 공연 후 평자로서 좋은 글을 남겨주신 평론가 선생님들과 클래식 마니아로서 우리 연주를 빼놓지 않고 찾아오셨던 분들 중 이렇게 여러 분이 떠나신 줄은 미처 생각지 못했다. 또한 문학계 원로선생님들께서 타계하실 때마다 서운하고 숙연한 마음으로 하직인사를 드리고, 유고집을 다시 읽으며 떠올려보지만 선생님들의 모습은 점점 내 뇌리에서 사라져 가고 있다.

이런저런 생각을 하면서 번호를 써 내려가니 한 분 한 분이 내게서 떼어낼 수 없는 끈끈한 인연이었다는 게 깊게 느껴진다.

며칠 전 친구가 세상을 떠났다. 어릴 적 초등학교 소꿉동무로 같은 여대 같은 과에 입학을 하여 수십 년 동안 자매처럼 지내던 친구다. 몇 년 사이에 이 친구까지 동창 중 넷이 떠나갔지만, 그래도 남아 있는 친구들은 여전히 전과 다름없이 지내고 있으니, 슬픔은 그때뿐이요, 망각의 세월에 실려 서서히 잊혀가고 있음이 슬프다.

이 세상 만물 중 생명이 있는 모든 것이 그 연한(年限)이 있다. 사계절의 이치와 같이 인간의 삶도 비슷하지 않을까 싶다. 태어나 성장 시기를 거쳐 성인이 된 후 자신의 삶을 가꾸고 자손을 양육하면서 서서히 쇠잔해 간다. 한철 나무가 아름다운 자태로 꽃을 피우고 사그라지듯 생명의 한계는 누구에게나 찾아오는 순리를 다시금 새겨본다.

언제 그랬냐는 듯 소나기가 그치고 드문드문 구름 사이로 파란 하늘이 숨바꼭질을 한다. 잊혀가는 것, 소멸되는 것, 그 모든 것은 다시는 되찾을 수 없고 기억으로부터 점차 멀어지기 마련이다. 그렇기에 떠나신 분들의 번호를 그대로 노트에 적어 놓는다면 살아가는 동안 그리움의 소통이 될 것만 같아 다시 펜을 잡는다.

모든 분들을 한 곳에 기록을 한다. 거기에는 돌아가신 내 부모님과 시부모님의 함자와 주민번호도 있다. 그저 내 맘을 달래기 위해서라고 스스로 위로하며 열심히 쓰고 있다.

(2013)

닫혀진 문

오랫동안 소식이 없던 친구의 전화를 받았다. 십여 년 전에 미국으로 이민을 갔다가 남편의 직장 때문에 다시 돌아왔노라는 그녀의 음성이 조금 낯설게 들렸지만 무척 반가웠다.

며칠 후 가슴을 설레며 그녀가 살고 있는 아파트를 찾아갔다. 초인종을 눌렀으나 어쩐 일인지 안에서는 아무 기척이 없었다. 아침나절에 전화를 걸어 확인을 해두었는데, 혹시 급한 일이라도 생겨 외출을 했나 싶어 다시 한 번 길게 눌러보았지만 굳게 닫힌 문은 좀처럼 열리지 않았다. 하는 수 없이 다시 일층으로 내려가 친구를 기다렸다. 그의 변한 모습을 상상하면서 얼마나 지났을까. 친구는 끝내 나타나지 않아 경비실에 부탁해 인터폰으로 알아보았으나 역시 받지 않아 서운한 마음으로 발길을 돌렸다.

그날 저녁 나는 그의 남편으로부터 뜻밖의 비보를 들었다. 친구가 세상을 떴다는 것이었다. 내가 그를 찾아간 바로 그 시각에 친구는 저혈압으로 쓰러져 있었던 것이다.

어찌 이런 기막힌 일이 일어날 수 있을까. 친구의 부음을 들고 잠시 어찌해야 할지를 몰랐다. 바로 그 현관 밖에 서 있으면서도 집 안에서 무슨 일이 일어났는지를 몰랐다는 사실이 나를 망연자실하게 만들었다. 점점 꺼져 가는 의식 속에서도 누군가 찾아왔음을 감지했을 친구, 도움을 청하고 싶었어도 어쩔 수 없었을 친구, 내가 조금만 생각이 깊었더라면 그런 비극은 막을 수 있었을 것만 같아 그의 죽음이 마치 내 탓인 것만 같았다.

친구를 실은 운구차를 따라 화장장엘 갔다. 유난히 크고 긴 그곳의 굴뚝이 섬뜩하게 느껴졌다. 잠시 후 친구는 닫힌 철문 안에서 한줌의 재로 사라졌다. 불길에 스러져 버린 그의 넋인 양 굴뚝에서는 하얀 연기가 하늘로 길게 퍼져 날아갔다. 허망한 마음을 가누지 못하다가 문득 집에 계신 아버지를 떠올렸다. 그리고 늘 닫혀 있는 아버지의 방문을 생각했다. 지금껏 나는 방문이 그렇게 닫혀 있다는 사실에 무관심했던 것이다.

아버지에 대한 생각을 하자 돌아오는 버스가 유난히 느린 것만 같아 조바심이 났다. 집에 돌아가면 항상 닫혀 있는 아버지의 방문을 활짝 열어 놓아야겠다는 생각을 하니 마음은 더없이 급해졌다. 집에 도착하자마자 아버지의 방에 초인종을 달아드렸다. 올해로 연세가 아흔 다섯이 되신 아버지에게 미처 헤아려드리지 못한 일들이 갑자기 생각나기 시작했다. 아직도 내 마음에는 아버지가 젊게만 여겨지기에 잔신경을 써 드리지 못하는 것일까.

늘 닫혀 있던 방문이 열리면 그 방 앞으로 지날 때마다 구부정히 앉아 계신 아버지의 모습을 바라보곤 한다. 그러고는 방문 사이로 새어 나오는 숨소리를 듣고서야 아버지가 거기 계심을 의식하게 된다. 그러나 처음부터 방문이 닫혀 있었던 것은 아니다. 누가 당신 방에 드나드는 것을 귀찮아하시며, 물건들이 제자리에 놓여 있지 않으면 역정을 내시고, 극성스러운 손자들 때문에 정신이 없노라고 하시는 아버지를 편안하게 해 드린다는 핑계로 방문을 닫아 놓기 시작했던 것이다.

그러다가 어느 사이 아이들은 할아버지보다 제 친구가 더 좋은 나이로 커버리고 하나 둘 외국으로 유학길을 떠났다. 아버지에게는 이제야 비로소 손자들의 극성과 시끄러운 소리들이 필요하고 또 그리워지는 시기가 왔건만, 이미 아버지는 홀로 되셨다. 방문을 여닫는 일이 뜸해지고 혼자 계실 때가 많아졌다. 지금은 오히려 손자들이 새까만 발로 문지방을 넘나들 때를 그리워하실지 모르지만, 이미 그 방문을 열어 줄 아이들은 집을 떠나 가까이에 없는 것이다. 때로는 당신만의 시간을 아끼며 오붓해하시는 듯 보이기는 해도 그럴수록 얼굴에 깊게 드리워진 외로움은 감추시지 못하는 것 같다.

이따금 아버지의 방 앞에서 서성이며 방안이 궁금해도 선뜻 문을 열기가 어려운 것은 무엇 때문일까. 저녁을 드신 후 소리 없이 방문을 닫고 들어가시면서도 누군가 당신의 방문을 두드려 주기를 간절히 바라는 것은 아닐까. 그러시다가 어느 날 별안간 홀로 떠나가시는 게 아닐까 싶어 두려울 때가 많다. 저마다 바쁘다는 가족들의 핑계에 밀려나 항상 외롭게 지내시는 아버지, 요즘 아버지의 기쁨은 어르신이 많이 모이는 탑골공원으로 날마다 출타하시는 일이다.

언젠가 아버지가 병원에 입원을 하신 적이 있다. 일주일만에 쾌차하여 퇴원을 하시게 되었는데, 집으로 가는 길에 공원엘 꼭 들러야 한다면서 어린아이처럼 조르시는 것이었다. 하는 수 없이 아버지를 모시고 공원으로 갔다. 여기저기에서 놀고 계시던 노인들이 달려와 아버지를 에워싸고 반가워하는 게 마치 저승에라도 갔던 친구가 살아돌아온 것처럼 반기는 모습이었다. 매일 놀러 나오던 사람이 하루 이틀만 보이지 않게 되면 세상을 뜬 것으로 여긴다고 말씀하시는 아버지의 쓸쓸한 얼굴을 차마 바로 볼 수가 없다.

그 이후 나는 우리 주위에 의외로 닫혀진 문이 많이 있음을 보았다. 문 안에서 문 밖을 간절히 의식하면서도 문을 열지 못하는 노인들, 그들은 누군가가 방 앞에 와 발걸음을 멈추지나 않을까 귀 기울이며 하루하루를 적막하게 지내고 있을지도 모른다. 닫혀 있는 것이 방문뿐이랴. 마음의 문까지 닫아 놓은 채 소외감을 느끼며 살아가는 분들이 의외로 많음을 알았다.

친구의 죽음은 나에게 쉽게 잊혀지지 않을 큰 충격이었다. 그 놀라움은 내게 많은 것을 생각하게 한다. 내 부모와 형제 그리고 이웃들과 더불어 살면서 나는 과연 얼마나 문을 열어놓고 지내왔을까. 열어 놓기는 했으나 오히려 발걸음을 비켜가게 만들지는 않았을까.

아버지의 닫혀진 방문, 오늘은 슬며시 그 문을 열어 놓았다. 그리고 내 방문도 활짝 열어 놓고 책상 앞에 앉았다. 간간이 들려오는 기침 소리는 아버지가 아직도 건재하심을 확인시켜 준다. 비록 마주하고 있지는 않지만 아버지의 작은 숨소리를 들으니 오랜만에 마음이 평온해진다.

(1987)

남편의 쇼핑백

아침저녁으로 제법 스산한 바람이 옷깃으로 파고든다. 그토록 뜨겁던 여름이 언제 있었냐는 듯 날씨는 별안간 서늘해졌다. 옷장에 걸려 있는 여름옷들을 세탁할 것과 털어 거풍시킬 것들로 구분해서 정리하기 시작한다. 옷 먼지가 풀풀 날려 코끝에 달라붙고 목이 칼칼하다. 남편 것부터 챙기는데 벌써 한나절이 지났다. 속이 메슥거리고 현기증이 인다. '웬 옷이 이렇게 많담.' 슬슬 짜증이 올라오려고 한다.

한 해에 서너 차례 연례행사인 옷 정리는 적당한 즐거움의 차원을 넘어서 힘든 먼지와의 싸움이기도 하다. 옷의 가지 수가 많다보니 그때그때마다 찾는 일이 보통 일이 아니다. 제철대로 티셔츠, 계절이 바뀔 때마다 점퍼, 슈트 등을 정리해 놓지만 이상스러울 정도로 한두 벌씩은 어디에 묻혀 숨어있는 듯 보이질 않는다. "○○이 없어." 남편이 그냥 하는 한 마디에도 나는 괜히 벌렁벌렁 가슴이 뛴다. 어떤 옷인지 기억이 없으니 도저히 알 길이 없다. 모든 옷을 종류대로 걸어 놓을 수만 있다면 찾는데 이렇게 불편하지 않으련만.

남편은 술이나 담배를 하지 못한다. 업무가 힘들거나 정신적으로 피곤할 때 스트레스를 푸는 방법은 오직 한 가지 쇼핑을 하는 것이다. 그의 독특한 감성은 어느 누구도 따를 사람이 없을 정도로 차원이 높은 편이다. 명품으로 베스트 드레서가 되기는 쉽지만, 코디를 잘함으로써 명품이상의 가치를 창출하여 토털 패션에 앞서가는 남편의 안목은 특기할 만하다. 사무실에서 퇴근해서나, 어디든 외출했다가 집으로 돌아 올 때는 손에 항상 쇼핑백이 들려져 있다. 때로 남편의 쇼핑백에는 다양한 품목이 들어있다. 식료품을 즐겨 찾기도 하고 문구를 좋아하여 일상에 필요한 문구용품이 모자란 적이 없다.

누구나 자신만이 즐겨하는 것이 하나쯤은 있다. 어떤 이는 보석을 좋아하여 거금을 들여 구입을 하는가 하면 또 어떤 이는 구두만 몇 십 켤레를 가지고 있다. 향수나 스카프, 가지각색의 장신구등 그 종류는 다양하다. 지니고 싶은 것을 마음 내키는 대로 다 사 모을 수만 있다면 만족할 것 같지만 그러나 그 충족감은 끝이 없는 것 같다.

수년 전 아이들이 있는 뉴욕에 있을 때이다. 힘들고 매우 어려운 공부를 하는 아이들 앞에서 이곳저곳 관광을 다니거나 쇼핑을 하는 것은 어미로서 도리가 아닌 것 같고 그래서 택한 곳이 박물관을 관람하거나 백화점 구경이다. 워낙 핸드백을 좋아하다보니 핸드백 코너를 돌아보는 게 제일 즐거웠다.

친구와 B백화점엘 들렀다. 나는 늘 그랬듯이 핸드백 매장을 찬찬히 둘러보기 시작했다. 새로운 디자인이 나왔는지, 일일이 모양을 감상하는 것도 아이쇼핑의 묘미이다. 고급 백은 하나하나 체인을 걸어 진열해 놓았다. 지니고 싶은 욕구가 한없이 밀려왔다. 한참동안 진열장에 놓여 있는 여러 종류의 백을 돌아보고 있는데, 친구가 내 옷자락을 당긴다. "경비가 우리를 이상하게 보는 것 같아." 돌아보니 건장한 남자가 방망이를 흔들며 바짝 다가서 있지 않은가. 나는 정신이 퍼뜩 들었다. 물건은 사지 않고 거의 한 시간여 동안 매장을 배회하는 동양인이 아마도 수상쩍었나 보다. 그들에게 이상하게 비춰진 내 모습을 생각하니 웃음이 솟았다.

구매의 욕구를 참아내고 돌아온 날은 한동안 그 물건이 눈앞에 아른거리며 지워지지 않는다. 그러나 차츰 시간이 흐름에 따라 그 순간을 잘 넘겼다는 생각에 가슴이 뿌듯해진다.

남편의 옷 정리가 거의 끝났다. 계절 옷으로 바꾸고 나니 옷장이 헐렁해졌다. 홀가분한 마음으로 창문을 열었다. 싸늘하기는 하지만 시원한 바람이 방안 먼지를 쓸어가는 듯 공기가 산뜻해지고 내 마음도 상쾌해졌다.

오늘도 남편은 여전히 환한 얼굴로 쇼핑백을 들고 들어온다.

(2009)

계절이 지나가는 창

높은 담 낮은 지붕

어느 해인가 집 근처로 이사를 온 친구를 찾아가려고 골목길로 들어섰다. 널빤지를 아무렇게나 듬성듬성 박아 놓은 허술한 담을 끼고 걷다가 우연히 안을 들여다보게 되었다. 아무도 손을 대지 않은 듯 잡풀이 무성한 공터 한 귀퉁이에 뜻밖에도 배추며 무, 붉은 갓이 심겨져 있었다. 누가 여기에다 밭을 일구었을까 궁금해서 둘러보니, 공터 둔덕 밑으로 길과 맞닿은 듯 한 판잣집 지붕들이 눈에 들어왔다. 지붕 위에 비닐과 천조각을 씌워서 군데군데 크고 작은 돌멩이들을 지질러 놓은 모양이 잠시 내 마음을 무겁게 만들었다.

바람만 불어도 언덕길 흙먼지를 뽀얗게 뒤집어쓸 납작한 지붕들, 화려한 주택가 한가운데 이런 판자촌이 있다는 게 믿어지지 않았다. 금방이라도 허물어질 것 같은 벽에는 스티로폼과 헌 담요 조각을 둘러치고 여기저기에 판자를 대어 못을 박아 놓은 것이 곧 다가올 겨울을 대비하기 위해 채비를 한 듯이 보였다.

얼른 이곳을 벗어나야겠다는 생각을 하면서도 한동안

발을 떼지 못했다. 내가 찾아가려는 친구 집은, 여기 이 낮은 지붕들 바로 옆에 돌담으로 둘러싸인 우람한 13층 고급 빌라로 이미 나를 압도하고 있었기 때문이다. 잘 지어진 초현대식 건물은 이 일대에서 제일 높은 건축물로, 문양을 넣어 장식한 커다란 철문 사이로 들여다보이는 정원에는 갖가지 나무와 꽃들이 잘 정돈되어 있어 그들의 부를 자랑하는 듯했다. 왠지 마음이 내키지 않아 친구를 만나려던 생각을 바꾸어 발길을 돌리고 말았다.

땅 속으로 기어들 것처럼 나지막한 판잣집 지붕을 지나 잰걸음으로 다시 오던 길로 거슬러 올라갔다. 담 모퉁이를 돌면서 흘낏 돌아다보니 지붕 위에 얹혀 있는 올망졸망한 돌멩이들이 쓸쓸한 모양으로 눈에 들어왔다. 목덜미가 땀에 흥건히 젖을 정도로 걸음을 빨리 하며 걸었다. 마치 무엇에 쫓기듯 그곳을 벗어나려는 나 역시 이곳에 사는 사람들의 사정이야 아랑곳 없이 안락한 삶을 살고 있기 때문이리라.

오래 전 이 동네는 한적한 시골이었을 것이다. 주인은 따로 있으나 그냥 버려 둔 땅에 하나 둘 집 없는 사람들이 모여들어 무허가 집을 짓고 살아왔을 것이다. 당시에는 개발이란 말조차 모를 때였으니 당국에서도 그냥 방치해 두었던 것이 아닐까. 이렇듯 넓은 땅에 아직 새로운 건물이 들어서지 못한 것을 보면 이곳에 살고 있는 사람들과 땅 주인 간에 해결점을 찾지 못한 모양이다. 그리고 보면

수년 전에 여기저기 강남 개발의 바람이 불고 갑자기 땅값이 치솟자 서초동 꽃동네로부터 곳곳에 무허가 집들이 헐리던 기억이 되살아났다. 힘없는 사람들의 오열과 울부짖음이 뒤집어놓은 흙무더기에 묻히며 치고받는 몸싸움까지 일어났던 사건이 그리 오래된 일은 아니었기에 아직도 이런 곳이 남아 있다는 게 이상하게 여겨졌다.

며칠이 지난 어느 날 그 길을 다시 지나가게 되었다. 그때 멀찍이 여러 대의 손수레를 길 한가운데 세워 놓고 오가는 자동차 기사들과 옥신각신 입씨름을 벌이고 있는 사람들이 보였다. 한 기사가 길을 막아놓았다고 언성을 높이자 판잣집 사람들은 먹고살려고 하는 일인데 잠깐을 못 참느냐면서 몹시 흥분한 어조로 떠들고 있었다. 그들은 폐차장에서 실어 온 자동차 부품들을 공터에 다 부릴 때까지 기다리라는 듯 기사들이 불평을 하거나 말거나 잠자코 자신의 할 일만을 할 뿐이었다. 그들의 그런 태도에는 어떤 당당함마저 있어 보였지만, 그런 당당함보다는 조금은 넉넉하고 배려하는 마음이 있으면 하는 생각으로 바라보았다.

언젠가는 그곳 공터가 파헤쳐지고 지붕들이 헐려 또 다른 높은 담이 세워질 날이 올 것이다. 그때를 대비하여 그들은 이렇듯 강인한 자세로 살아가고 있는 것일까. 그들에게는 자신을 지키려는 투지가 엿보였다. 누구에게도 도움을 청하지도 받지도 않을 태세로 다져져 있는 모습에서는 마치 지붕을 단단히 누르고 있는 돌짝 같은 다부짐이 느껴졌다.

오늘도 아파트의 높은 담은 여전히 당당한 위용으로 서 있지만, 그러나 이제 나는 낮은 지붕 밑에 살고 있는 사람들과 그 지붕에 얹혀 있는 크고 작은 돌멩이를 그저 담담하게 바라볼 수 있게 되었다. 누구보다도 강인한 마음으로 다가올 미래를 향해 최선을 다하는 모습들을 보았기 때문이다.

가난과 고통, 질시를 오히려 삶의 활력으로 승화시키고 있는 그네들에게 마음속으로 박수와 찬사를 보냈다.

(1991)

문패

아파트 10층으로 이사를 했다. 날이면 날마다 하루에도 수차례 승강기를 이용하면서 함께 탄 사람이 몇 층에 사는 이인지, 외부 손님인지 아닌지도 모른 채 몇 달이 지났다. 밀폐된 좁은 공간에 어색하게 마주 보며 서 있다가 제가끔 자기 영역으로 사라지는 사람들, 한 마디 대화도 없이 승강기에 서 있는 순간은 여간 거북스러운 게 아니다. 차츰 시간이 지나면서 서로 인사를 나누게는 되었지만 아직도 누가 누구인지 미처 파악하지 못하고 있는 형편이다. 그래서인가 이 곳으로 이사를 온 후부터 새삼 옛날 내가 살았던 정다운 집을 그리워하곤 한다.

어렸을 때 우리 집 대문 사이로 들여다보이던 꽃밭에는 채송화와 분꽃, 맨드라미가 어우러져 피어 있고, 나팔꽃이 곡예를 하듯 기어오른 담장 위엔 노란 해바라기가 웃고 있었다. 그때 우리 집 대문 기둥에는 나무 문패가 걸려 있었는데, 비가 오기라도 하면 행여 문패의 글씨가 지워지지 않을까 조바심을 내곤 하였다. 어느 날인가 그 나무 문패가 떼어지고 강원도 차돌로 만든 돌 문패가 걸렸다.

나는 하도 신기하여 밖에 나갔다가 돌아올 때면 반질반질한 문패를 만져보기도 하고 뺨을 돌려가며 대보기도 했는데, 그때마다 시리도록 차디찬 돌의 느낌이 여간 좋은 게 아니었다.

6·25전쟁이 일어나자 아버지는 피란 준비를 하시면서 먼저 문패부터 챙기셨다. 다른 중요한 것도 많은데 하필이면 왜 문패를 먼저 챙기실까 이상하게 생각했지만 여쭈어 보지는 않았다. 그 문패는 피란 보따리 속에 몇 달을 싸여 있다가 1·4후퇴 때는 다시 우리 식구와 함께 충청도에 있는 장수라는 마을까지 갔다. 그 마을은 천안에서도 사십여 리는 더 들어가는 벽촌으로, 동네사람들이 순박해 보여서 비록 낯설기는 하지만 마음을 놓게 되었다.

나는 그곳 월랑 초등학교에 편입을 했다. 그런데 이상한 것은 문패가 걸려 있는 집이 한 집도 없는 것이었다. 이 마을 사람들에게는 문패 같은 것은 필요 없는 듯이 보였다. 그래도 누구네 집이라고 하면 다들 잘 아는 것이 신기했다.

어느 날, 학교에서 돌아와 보니 아버지가 길다란 나무 토막을 열심히 대패질하고 계셨다. 꼭 문패만한 길이로 반듯반듯하게 자른 것이 수십 개나 되었다. 아버지는 깨알같이 글씨가 적힌 종이쪽지를 내게 건네주시고는 아무 말씀도 없이 먹을 가시는 게 아닌가.

그 쪽지에는 동네 사람들의 이름이 적혀 있었는데, 아

버지가 내게 무슨 말씀을 하시려는지를 이내 알아차렸다. 나는 아버지가 대패질해 놓은 나무토막에 하나하나 이름을 쓰기 시작했다. 나중에는 허리가 아프고 손목이 시큰거렸지만, 그래도 글씨를 쓰는 일은 재미있었다. 문패는 하나씩 니스가 칠해지고, 글씨 쓰는 일은 거의 어둑어둑해서야 끝이 났다. 목장갑을 낀 손으로 문패를 어루만지며 흡족해하시는 아버지를 보자 피곤이 싹 가시는 것 같았다. 한자로 쓴 문패를 동네 어른들은 만족해하는 듯했다. 나는 으쓱거리고 돌아다니면서 내가 쓴 문패들을 보고 또 보았다. 집집마다 문패를 달아 놓으니 초라하게 보이던 집이 의젓하게 보이고, 좋은 집은 더 훌륭하게 보였다.

휴전이 되어 우리가 서울로 올라가는 날 외가댁을 다녀가는 것처럼 마을 분들이 손수 농사지은 잡곡과 옥수수, 감자, 누런 호박 덩어리까지 실어 주었다. 눈물을 글썽이며 작별을 아쉬워하는 동네 어른들과 친구들이 마을 어귀까지 따라나와 배웅을 해주었다. 서울로 온 후에도 방학 때만 되면 한동안 마음 설레며 고향을 찾는 것처럼 그 마을에 가서 정다운 얼굴들을 만나보는 것이 내게는 큰 즐거움이었다. 구수한 밀전병을 부치는 냄새가 동리 어귀에까지 풍기고 이 집 저 집 사립문이 바쁘게 여닫히며 부침개 접시가 들락거리던 그 마을을 나는 오랫동안 찾아가곤 했다.

요즘 아파트나 빌라 단지에는 집집마다 문이 굳게 잠겨 있을 뿐만 아니라, 문패가 걸려 있는 집을 거의 찾아볼 수가 없다. 이웃에 사는 사람이 누구네인지 성도 이름도 모르고 지내는 게 보통이다. 문패를 달아 놓는 것은 마음을 열어 놓는 일이나 같다고 생각하지만, 나 역시 쉽게 실행에는 옮기지 못하고 있다. 많은 사람들은 마치 컴퓨터에 입력된 목록처럼 숫자만을 내걸고 살아가면서, 성씨나 이름 대신 몇 동 몇 호로 불리는 데 점점 익숙해지고 있다. 문패가 있든 없든 그것이 생활에 큰 불편을 가져오는 것은 아닌데도, 어릴 때 보았던 정다운 문패가 그리워지는 것은 웬일일까.

　비록 숫자가 문패를 대신하는 시대에 살고는 있지만, 그 옛날 문패에 담긴 향수는 달랠 길이 없다.

(1989)

쓸쓸한 그림

마을버스를 탔다. 텅 빈 버스에는 노구를 끌고 올라탄 노인 한 분과 나뿐이 없다. 덜컹거리며 달리던 버스가 반포 주공아파트 앞에 멈추자 노인은 구부정한 허리를 펴며 교통카드를 찍는다. 나도 그 노인을 따라 내린다.

노인은 버스 정류장 앞 벤치에 앉아 잠시 숨을 돌리고 있다. "할아버지, 어디로 가시죠?" 하고 묻자 "우리 아들이 미국에서 오는데, 내가 마중을 가는 거야요." 하고 대답한다. 노인은 터미널로 공항버스를 타고 올 아들을 맞으러 가는 길인 것 같았다. "제가 모셔다 드릴게요." 노인을 부축하여 층계를 조심스럽게 내려갔다. 할아버지는 연세가 82세이고 아들이 하나뿐인데 미국에 살면서 일 년에 한 번씩 한국에 다녀간다고 했다. 노인의 사연을 듣고 나니 왠지 가슴이 답답해온다.

얼마 전 독거 노인이 기거하는 곳을 찾은 적이 있었다. 남산 자락에 위치한 곳인데 열악한 환경이었다. 가장 저렴하게 기본 주거비만을 내면서 살고 있는 노인들은 그래도 거의 자손이 있는 분들인 것 같았다. 노인들은 우리를 함박 웃음으로 맞이해주었다. 이 곳을 찾는 사람들이 많지 않은 듯 여간 반기는 게 아니었다.

　우리가 찾아갔을 때는 마침 점심 시간이라 봉사를 하면서 몇몇 노인들과 마주할 수 있었다. 몸을 쓰지 못하는 할아버지와 집안을 깔끔하게 정리해놓고 사시는 할머니도 만났다. "거기 틀니 좀 닦아다 줘." 할아버지는 다리를 잘 쓰지 못하셔서 식사도 차려 드려야 했다. "우리 아들이 대학 교수야. 바빠서 오지 못해." 할아버지는 그저 아들 자랑이 하고 싶은 모양이었다.

　그러나 자녀가 안겨주던 기쁨, 그 꿈 같던 세월은 눈 깜짝할 사이에 지나가버렸지 않은가. 그래도 노인들은 그 기쁨만을 어제인 듯 곱씹고 사실 것이다. 자식들은 저희 아이들의 부모 노릇하기에 바쁘고 또 그러다가 언젠가는 여기 있는 노인들처럼 외로움 속에서 자식들을 기다리며 살게 되는 게 인생이 아닐까.

　나도 자식 노릇을 제대로 하지 못했다. 한 분 계신 아버지를 100수가 넘으실 때까지 모신 일로 자식이 할 도리를 다했다고 자위했을 뿐, 부모님이 외로우셨을 거라는 생각은 한 번도 해보지 못했다. 자녀들은 부모님의 외로움을 알지 못한다. 자식이 곁에 있어도 품에 바람이 스며들 듯 외로우셨을 아버지, 그 외로움과 한숨을 미처 헤아려 드리지 못한 불효가 새삼 회한이 되어 가슴을 짓누른다.

　벤치에 앉아 있던 노인이 반갑게 아들을 마중한다. 머

리가 반백인 아들의 눈이 붉게 충혈되어 아버지를 얼싸안는다. 나도 덩달아 옆에 서서 눈시울을 붉힌다. 노인은 아들을 가슴에 안으며 무슨 생각을 할까. 이 아들이 또 떠나갈 걱정부터 하고 있는 것은 아닐까. 아들은 아버지의 그런 애틋한 마음을 아마 모를 것이다.

부자(父子)가 서로를 꼭 안고 있는 애잔한 모습이 한 폭의 쓸쓸한 그림으로 가슴에 들어앉는다.

(2006)

내 말 좀 들어보실래요?

　"당신은 왜 여기 서 있는 거요?" 하고 묻는다면 나는 대답할 말이 없습니다. 830살 고령의 내가 서초동 장승이 되어 문지기로 서 있다고나 할까요?

　누군가는 서초동을 모르는 이에게 "아, 왜 국보 향나무가 서 있는 데 말이야. 거기서부터 서초동이야." 하고 말하곤 하지요. 그러나 나는 국보라는 이름으로 불리고 싶지 않습니다. 그저 싱싱한 보통 나무이고 싶을 뿐이지요.

　이른 아침부터 밤늦은 시간까지 숨쉬기가 정말 두렵습니다. 내가 서 있는 양 갈래 길에는 쉴 새 없이 오가는 차들이 줄을 이어 질주하는데 저마다 뱉어내는 가스가 내 얼굴이며 몸을 뒤덮기 때문이지요. 이 자리에서 800년을 넘게 살아왔지만 이젠 몸을 지탱하기에도 힘이 듭니다.

　이곳은 원래 서초동 꽃마을이 있던 곳이에요. 동서남북에 온통 꽃 냄새가 날아다니는, 늘 푸르러 공기가 맑고 아름다운 마을이었답니다. 서초동은 예로부터 서리풀이 무성해 '상초리(霜草里)' 또는 '서리풀'이라 불리었지요. 서리가 내리면 익는 상서로운 풀[瑞草]이란 바로 '벼'를 말하는 것으로서 이곳에서는 예로부터 쌀이 많이 났다고 합니다. 좋은 냇물[良才川]의 물을 길어다가 쌀[瑞草洞]로 떡[盤浦洞]을 빚어 사당[祠堂洞]에서 조상과 천지신명께 제사를 지냈기 때문에 풍수적으로 뛰어난 명당자리라고 하여 자부심이 대단한 동네이지요.

이 마을을 대표하는 인물로는 조선 명종 때의 문신인 상진(尙震) 선생이 있는데, 조선 시대의 4대 정승으로 추앙될 만큼 인품이 뛰어나 청백리(淸白吏)로도 유명한 분이었답니다.

꽃마을로 불리던 이곳이 세월이 흐르고 흘러 자동차 천국, 매연 천국이 되어 버렸어요. 서울시가 나를 보호수로 지정해 놓고 관리를 한다 하지만, 하나도 반갑지가 않아요. 하루 종일 시커먼 연기를 마시며 죽어 가고 있으니까요. 맑은 시내가 흐르고 새들이 지저귀는 공기 좋은 곳이 그립기만 해요. 어느 때는 이제 그만 살았으면 하는 사위스러운 마음마저 들어요. 내 몸에 링거를 꽂아 놓고 나를 보호한다지만 다 부질없는 일일 뿐입니다. 매연 속에서 마치 서초동 네거리 교통순경처럼 이렇게 서 있어야만 하니…. 내 모습은 이제 푸른 기를 잃어버렸어요. 매연에 찌들어 검푸른 색으로 변해 버렸지요. 폭우가 쏟아질 때면 내 몸에 앉은때를 벗겨 내고 싶어 안간힘을 써 보지만 너무 찌들고 배어서 잘 씻겨나가지도 않는군요.

내가 뽐내며 살던 그 옛날 꽃동네 사람들은 순하고 어

질었지요. 여름이면 내 그늘 밑에 돗자리를 펴고 앉아 덕담을 나누고 매미며 여치가 뽑아대는 시원한 곡조에 맞춰 흥을 내던 한량들. 그때 그 시절 평화는 다 어디로 갔을꼬.

나는 나날이 쇠잔해 가는데 어쩔 수 없이 이대로 이곳에 있어야 하는 게 서글픕니다. 이제 점점 흉측하게 변해 갈 내 모습이 보이는 듯해요. 그래서 안타깝고 괴롭답니다. 이따금 내 모습을 사진에 담는 젊은이들이 왔다 가면 좋은 일이 있을까 기다려집니다. 내 사진을 어디엔가 실어 나를 살려 주려는 사람들이 있을까 해서지요.

지난봄에는 사람들이 오랜만에 샤워를 시켜 준다고 법석을 떨었지요. 겨우내 쌓였던 자동차 매연과 최근 찾아온 황사(黃沙) 때까지 말끔히 닦아 준다고요. 영양제 주사도 놓아 주었지만 내 몸에 문신처럼 새겨진 상처는 그대로 남았답니다.

노구라서 앞으로 얼마나 더 살지 모르겠지만 남은 시간만이라도 내가 살고 싶은 곳에 가서 살아 보았으면 좋겠습니다. 오랜 세월을 살아 더 이상 바랄 것이 없으나 고고하고 품위 있는 모습으로 남고 싶습니다. 매연에 찌든 늙은 나무로 사람들의 기억 속에 남는 것은 정말 슬프거든요.

보호수로 명명되기보다는 잡목이어도 청청한 산속에서 있고 싶어요. 아무도 돌보지 않아도, 사람들이 함부로

등을 들이대고 부딪고 괴롭혀도 그런 곳에 서있고 싶어요. 가을, 오색 단풍이 든 나무들 사이에 서서 홀로 푸름을 자랑하고 새들과 노닐며 자부심을 느끼는 그런 나무이고 싶어요. 내가 서 있는 지금 이곳은 지옥의 길목입니다.

슬퍼하는 내 마음속 말을 제발 흘려듣지 말아 주세요.

(2001)

숨어 있는 꽃들

가을이 영글고 있다. 온통 황금빛으로 물결치는 들녘을 스치며 영동고속도로를 달린다. 휙휙 지나치는 마을 어귀에 우람한 감나무마다 샛노란 감들을 주렁주렁 달고 있는 모양은 대자연 속 화랑에 걸린 한 폭 화폭을 보는 듯하고 하늘과 구릉을 이룬 산야는 예술이 따로 없음이다.

제천을 향해 가는 동안 차창 밖으로 색색의 치장을 한 나무들, 노란 물감에 절여진 은행잎들이 나풀거리며 날아가는 모습에 탄성이 절로 나온다. 가슴속으로부터 경탄을 뽑아 올리며 지금 이 순간 내 행보에 충만한 기쁨을 누린다. 땅거미가 내려앉아 어둑해질 무렵에야 제천 시내로 들어섰다. 살갑게 지내던 이웃처럼 조용하고 정갈한 분위기가 서울과는 사뭇 다른 따뜻한 표정으로 우리를 반겨준다.

영아원 입구에는 또랑또랑한 어린아이부터 콧수염이 듬성듬성 난 소년티를 벗은 남학생들과 수줍은 듯 새치름한 여고생까지 모두 나와서 우리를 맞는다. 그 가운데 눈에 띄는 노랑머리 이국여성이 이태 전이나 다름없이 달쳐럼 환하게 웃고 있다. 화이트(White) 여사다. 2년 만의 해후인데 조금도 변하지 않았다. 아이들과 함께 지내느라 세월이 빗겨가는 것일까.

이십여 년 전 제천 검찰청에 재직하던 K지청장은 몇 명의 영아들을 보살피는 화이트 여사를 만났다. 선교사로 한국에 들어왔다가 아이들과 인연이 된 이국여성의 뜻을 헤아린 그분은 이들을 돕기 위해 영아원을 위한 후원회를 열어놓았다. 그분이 40대에서 희끗희끗 60대의 노신사로 변해가는 동안 아이들은 영아에서 소년으로 성장하여 중학교에서 고교로 대학진학과 취업도 하게 되었고 이제는 백(白) 씨 성을 가진 90명의 거대한 가족으로 늘어났다.

아이들의 얼굴은 해맑고 고왔다. 그늘진 표정이라곤 찾아볼 수 없이 명랑하고 적극적이며 행복해 보인다. 꼬맹이들도 얼마나 사랑스럽게 구는지 가슴이 뭉클하다. 오늘 밤 이 아이들과 함께 한 서너 시간은 그 어느 경험과도 바꿀 수 없는 경지로 나를 몰아갔다.

어느 한 구석에서 조용히 피고 있는 함초롬한 꽃들처럼 아이들은 그렇게 한 뼘 한 뼘 자라나 봉오리를 맺고 꽃으로 피어나고 있다. 바람에 일렁이는 숲속 나무들의 속삭임을 들으며 실개천 둔덕 억새의 춤사위에 발맞춰 코스모스 길을 걸으면서 정겨운 마음씨를 키워가고 있는 아이들. 이 사회의 공해로부터 때 묻지 않고 천상의 천사들처럼 곱게 성장하고 있는 아이들.

숨어있는 꽃들이다. 그들이 이 세상 밖으로 나오게 될 즈음을 기다리며 가장이를 잘라주고 상한 부위를 도려내어 가꾸고 있는 화이트 원장, 그의 미소와 정이 가득한 눈빛에서 아이들은 자신감을 키우고 떳떳한 한 개인으로서도 손색이 없다. 아직은 이 작은 꽃들을 세상 밖으로 훌쩍 보내지 않고 있지만 해충을 이겨내고 튼실한 뿌리가 내리게 되면 홀로 설 수 있으리라.

잠시 깊은 생각에 잠겨본다. 진정한 아름다움에 대하여. 이곳 아이들의 티 없는 웃음소리와 두 팔을 벌리며 달려와 안기는 그 초롱초롱한 눈빛이 가시지 않는다. 좀처럼 만나볼 수 없는 신선한 아름다움이다. 몇 명 안 되는 영아실로 가니 막 목욕을 끝낸 아이들이 몰려든다. 촉촉한 머리칼에 상큼한 비누 냄새가 채 가시지 않은 꼬마들을 가슴에 꼭 안았다. 마치 젊은 시절 내 아이를 보듬고 있는 착각 속에서 불끈 뜨거운 모성이 발동한다.

돌아서는 시간, 수많은 아이들이 쫓아 나와 눈을 맞추고 저마다 매달리며 손을 잡고 서운해 한다. 가슴속은 촉촉이 젖어 내리지만 아이들의 얼굴을 감싸며 애써 환하게 웃어주었다. 이 꽃들이 활짝 피는 날이 언제일지 모르나 내가 할 수 없는 일을 누군가가 맡아하고 있음에 그저 고맙고 미안한 마음일 뿐이다.

세상을 살아오면서 무심히 지나치는 동안 어느 한 귀퉁이에서는 미처 상상하지 못하는 일들이 계속 일어나고 있다. 뿌리를 내리기 위해 안간힘을 쏟는 나무들, 뾰족이 얼굴을 내밀고 세상을 경이롭게 바라보는 어린 싹들, 소년기를 맞아 잎을 틔우고 봉오리를 품고 있는 꽃나무의 갈구를 대하면서도 그저 자연의 이치라고만 치부했던 내 일상을 되돌려 보니 그동안 잃어버린 귀하고 소중한 것들이 얼마나 많았을지 안타깝기만 하다.

눈에 보이는 것들로 가득한 세태에서 보이지 않는 참 아름다움이야말로 이곳 숨겨진 꽃들임을 왜 진즉 몰랐을까.

밤이 이울었다. 이슬처럼 영롱한 꽃들이 자라나고 있는 거대한 화원을 뒤로하고 버스가 달린다. 사방이 칠흑 어둠에 싸여 있지만 내겐 아이들의 웃음소리가 영상으로 환하게 떠다니고 있다.

(2009)

계절이 지나가는 창

온종일 눈이 수줍은 새색시처럼 조용히 내린다. 방배동 언덕길에 오르는 차들이 움직이지를 못한다. 기온이 더 떨어지면 이쪽 차로는 완전히 불통이 되지 않을까 싶다. 걷고 있는 사람들은 발이 푹푹 빠지면서도 걸음이 사뭇 경쾌해 보이는 게 이런 날은 타는 것보다 걷는 쪽이 훨씬 수월하다. 하얀 눈을 밟고 싶은 충동을 느끼며 부츠를 꺼내 신고 집을 나선다. 그러고는 푹신푹신한 카펫을 밟는 기분으로 눈길을 걷는다.

뒷베란다 창에는 언제나 사계절이 지나간다. 오후가 되면 핏빛을 토해 내는 석양이 창틀에 얹혀 그 빛을 처연하게 뿜어내는데, 계절 따라 느낌과 색감이 다르다. 한여름 폭염이 한풀 꺾이고 난 후의 일몰은 사그라져 가는 짧은 생명을 안타까워하는 듯 붉은 회색 선을 그으며 서서히 꺼져간다. 북천의 하늘에 빨간 물감을 뿌리며 스러질 때의 잔영은 한 폭의 아름다운 수채화로 남아 있다.

계절마다 유리창엔 장미와 라일락이 피고 파스텔톤의 실크가 부드럽게 날린다. 그뿐만이 아니다. 이 창에는 어김없이 계절 옷을 입고 모양을 한껏 낸 계절 신부가 찾아온다. 연록색으로 단장했는가 하면 어느새 짙푸른 레이스 옷으로 갈아입고 서 있다. 창을 통해 만나는 계절의 벗들이다. 멀리 아파트 지붕 위에 앉아 있는 새들도 계절이 지날 때마다 각기 다른 모습으로 찾아든다. 그 새들은 계절을 물어오는 전령사와도 같다. 나무마다 푸른 잎들이 성숙기에 접어들고 아름다운 채색 옷으로 치장하기 시작하면 보도에는 노란 카펫이 깔리고, 긴 장마가 비바람을 몰아칠 때 낙엽은 회오리 선을 그리며 어디론가 너울너울 날아가기 시작한다. 벌써 창 앞엔 브라운 톤의 스카프를 멋지게 두르고 우수에 찬 가을 여인이 서 있음을 발견한다.

앙상한 나뭇가지마다 동글동글한 눈꽃이 솜사탕처럼 내려앉는다. 초록잎 대신 하얀 겨울옷을 걸친 가로수들은 마치 노년의 행로에 서 있는 우리네 모습을 닮았다. 아무런 말도 없이 미소조차 지을 줄 모른 채 그저 묵묵히 서 있을 뿐이다. 바람이 부는 대로 비가 내리면 내리는 대로 나무는 내 창 앞에서 떠날 줄을 모른다. 젊음을 자랑할 때와는 달리 과묵하지만 믿음직스럽다. 창으로 보이는 앞산에 하얀 꽃송이가 피고 싸늘한 눈바람이 스며들 때쯤 나는 깊은 겨울 앞에 서서 다시 찾아올 계절을 기다린다.

정월 어느 날 하얀 눈이 되어 아버지가 내 곁을 떠나셨다. 평소에 눈을 무척 좋아하셨던 아버지가 지금은 팔각의 눈꽃으로 웃고 계시다. 아무리 눈이 많이 오는 날이라도 장화를 꺼내 신고 공원으로 나가시던 아버지는 종내 눈이 하얗게 덮인 동산에 산화하셨다. 떠나시기 전 두 해 가까이 출입을 못하시던 아버지, 당신의 창으로 지나가는 계절을 과연 어떤 마음으로 바라보셨을까.

지금 내 창엔 겨울이 지나가려 한다. 싱그러운 잎이 무성한 여름은 아니지만 그래도 아직은 계절이 나를 잊지 않고 있음이 고맙다. 긴 목도리를 날리며 눈길을 걷는다. 레코드샵에서 흘러나오는 바이올린의 선율이 거리의 정취를 더해준다. 문득 아이들을 떠올려 본다. 그들이 바라보는 창에는 희망이 넘치고 기쁨이 가득할 것이다. 어떤 계절이 다가올지라도 감동으로 충만할 것이다. 앙상한 가지를 떨며 서 있는 나목을 보면서 심포니를 떠올리고, 길에 흩날리는 낙엽을 밟으며 보들레르의 아름다운 시를 읊을 것이다. 그들은 창으로 지나가는 계절을 만날 적마다 민감하지도 슬퍼하지도 않을 것이다. 어떤 계절이 지나간다 해도 아이들의 창은 항상 봄이요 싱그러운 여름이기에.

요즘 나는 마지막 전시회를 마감하는 화가의 허전함을 공감할 수 있을 것 같다. 아직도 내게 남아 있는 것들을 아끼는 마음으로 창 앞에 선다. 어서 이 겨울이 가고 우주의 질서가 열리는 개화의 시기가 왔으면 좋겠다.

(2003)

담을 허물면

88고속도로로 들어서자 번쩍거리는 높은 알루미늄 방음벽이 서 있다. 어느 사이에 저런 벽이 만들어졌을까. 올림픽대로에 근접해 있는 아파트의 소음 방지를 위해 높은 벽을 만들 필요가 있었겠지만 너무나 거대하여 시야가 답답하다.

담을 쌓는 일은 누군가를 멀리 하고자 하는 마음에서 비롯된 것이다. 자신의 집안을 노출시키고 싶지 않아서, 옆집과의 경계를 두기 위해서, 또 위엄을 과장하기 위해서 담은 점점 높게 올라가고 그 모양도 각양각색이다. 담의 높이와 모양이 그 건물의 위용을 대신하는 양 사람들은 담을 쌓고 허물고 또 다시 쌓곤 한다. 그럴 때마다 담은 점점 높아진다.

오래 전 서울 어느 지역에 담 높은 집들이 많았다. 물론 고위층 사람들의 집으로 삼엄한 경계와 초비상의 보호구역으로 불렸다. 그 동네 어귀만 들어서도 스산한 기분이 들 정도로 엄숙하고 적막했다. 사람들은 호기심으로 바라보기도 하고 내부에 대한 궁금증으로 여러 가지 유언비어도 난무했다. 어린 생각에 '왜 저렇게 높은 담을 만들었을까' 이상한 생각이 들기도 했으나, 어른들의 이야기를 이해할 수는 없었다. 그 집들은 오랫동안 안개에 싸인 채 높은 돌담으로 가려져 있다.

담을 허무는 게 그렇듯 힘드는 일일까. 어릴 적부터 그것이 늘 궁금했었다. 아예 담이 없다면 어떨까. 도둑이 무서워 담을 높이 쌓고 위에 가시철망까지 얹어 감추고 싶은 것이 많아서 그러지 않을까 생각했다. 담이 없어도 불편한 것은 없는데, 담은 점점 높아만 간다.

어릴 적 피란 가서 살던 충청도 어느 마을엔 담이 없었다. 엉성하고 얕은 싸리문은 늘 활짝 열려 있고 그 문으로 누구나 드나들었다. 문은 그저 모양새로만 만들어 놓은 것이다. 나는 그런 집을 들락거리면서 신나게 친구들과 놀기도 하고 이웃 할아버지와 할머니들에게서 옛날이야기를 듣기도 하였다. 얼기설기 엮어 만든 문 사이로는 구수한 음식 냄새만이 넘나든 것이 아니라 사람의 정도 넘나들었다.

담을 높이 쌓아 놓은 집에서는 밖으로 웃음소리가 흘러나오지 않는다. 집안에 기쁜 일이 있어도 축하해 줄 수가 없다. 어려운 일이 생겨 도움이 필요해도 도움을 청할 수도, 보낼 수도 없다. 마음에 벽을 치고 있는 사람에게서는 훈훈한 정이 느껴지지 않는다. 그것은 자신이 쌓아 놓은 담을 뛰어넘지도 못하고 허물 수도 없으니 상대의 마음도 순수하게 받아들이지 못하기 때문이다.

담은 사람들 사이에서 다정함을 앗아간다. 형제, 부모, 자식간에도 불신이 싹트고 사랑이 메말라간다. 담을 헐고 마음 문을 활짝 열어 놓는다면 어느 누구든 가까이 다가갈 수 있으련만…. 담을 헐어버리면 세상 이야기를 들을 수 있다. 그리움과 이별 이야기, 사랑 이야기와 따뜻한 향기도 서로의 마음속으로 넘나든다.

우리 집 근처에는 높게 돌담을 쳐놓은 고급 빌라가 있다. 그 옆으로 아주 낮은 판잣집 오십여 채가 모여 있는데, 지날 적마다 그림자처럼 서 있는 회색 담을 의식하게 된다. 땅 속에 파묻힌 듯 모여 있는 작은 집을 내려다보면서 담 높은 집과 지붕 낮은 집을 마음속으로 비교해 본다. 그들의 마음속은 모르는 채 그저 높이로만 판단한다. 이런 생각이 마음 가운데 단단한 담을 치고 있음이 아닌가. 거대한 담 안의 사람들이라 해도 그들의 마음속까지야 모르겠지만 담의 높이는 그들을 둘로 갈라놓기에 충분하다. 마음이 편치않다면 담을 치고 산들 행복할까. 작은 것에 행복할 줄 안다면 담 없이 산다고 불행할까.

내가 스스로 쌓아 놓은 담은 어떠한가. 타인을 꺼려하여 내 안에 내재되어 있는 것들을 꽁꽁 감추고 내놓기를 두려워하는 커다란 담벼락이 가로막고 있음이 보인다. 상대를 의심하여 믿지 못하는 마음, 불평만을 일삼는 마음, 미워하고 시기하는 마음이 높은 담으로 내 안에 버티고 있다.

세상에 대한 마음의 담을 헐어버리면 빛과 만날 수 있으련만. 담은 높이 칠수록 스스로 어둠에 갇힌다. 가슴속의 담을 시원하게 내고 싶다. 담을 허물면 마음의 문 또한 활짝 열리지 않을까.

(1998)

발싸개

6월 25일 새벽, 어딘가에서 들려오는 총성에 놀라 부모님과 나는 이층으로 올라갔다. 멀리서 폭탄 떨어지는 소리가 들릴 때마다 무서워 벌벌 떠는 나를 어머니는 다락으로 밀어 넣고 이불을 겹겹이 덮어 주셨다. 마침내 인민군들이 종로 어귀에 나타나던 날, 이미 피란을 가기에는 늦었다는 생각을 하신 듯 아버지는 싸놓았던 짐들을 모두 풀었다.

그런 며칠 후 붉은 계급장을 단 인민군 소좌가 부하들을 데리고 우리 집에 찾아왔다. 그날 저녁부터 우리 세 식구는 방들을 그들에게 내주고 다락방으로 올라가야 했다. 그리고 우리 집 대문에 '인민자치본부'라는 커다란 간판이 붙자, 온 집안은 땀내와 발 냄새로 머리를 들 수가 없을 지경이 되었다. 집에 와 있는 군인들은 대체로 계급이 높은 것 같았는데, 그들이 이런 지경이면 졸병들은 오죽할까 싶었다.

그런 북새통에 어머니와 나는 끼니때마다 그들에게 음식을 만들어 주어야 했고, 수도가 망가져 공동 수도에 가서 물을 길어와야 했다. 처음에는 물지게 지는 게 삐걱거리고 힘들었어도 재미가 있어 꾀를 부리지 않았는데, 날이 갈수록 어깨가 살갗이 벗겨지고 뻐근했다.

며칠 함께 지내보니 그들은 언행이 상스러워 이따금 아버지를 노엽게 하였으나, 소좌 계급을 단 사람만은 예의가 발랐다. 그는 내가 물을 길어 올 때마다 물지게를 붙잡아 주고 물을 대신 항아리에 부어주기도 했는데, 그럴 때마다 내게도 이런 오빠가 있으면 얼마나 좋을까 하는 생각이 들곤 했다.

어느 날, 안방을 지나다 보니 어머니의 장롱 서랍이 모두 열려 있는 게 보였다. 방바닥에는 어머니가 아끼시던 모본단과 호박단을 비롯하여, 이불감이며 옥양목 같은 것들이 필채로 널려 있었다. 그들은 새하얀 옥양목을 죽죽 찢어서 더러운 발에다 둘둘 감고 있었는데, 그들과 함께 그 소좌도 열심히 옥양목을 찢고 있는 게 아닌가.

나는 너무 놀라고 실망이 되어 얼른 그 자리를 피했지만, 언뜻 보니 상처투성이인 그들의 발과 벗어 놓은 양말은 살이 보일 정도로 다 해져서, 헝겊으로 발을 싸매지 않고서는 한 발짝도 걸을 수 없을 것 같이 보였다. 그래서였을까, 소좌에게 느꼈던 내 감정은 어느 사이 실망에서 연민으로 바뀌어 버렸다.

우리는 홑이불을 모두 그들에게 가져가야 했다. 나는 그들이 시키는 대로 어머니가 곱게 푸새하여 다듬이질해 놓은 것까지 일삼아서 찢어 주었다. 넓게 잘라 붕대처럼 말아 놓으면 그것으로 발을 두툼하게 싸매곤 했는데, 약을 바르지 않아도 괜찮을까 염려스러웠으나 그들은 발을 쌀 수 있는 것만도 다행스럽게 여기는 것 같았다.

그렇게 놀라고 무서웠던 유월이 가고 차츰 전세가 기울기 시작하자, 인민군들은 허둥거리며 후퇴를 서두르는 것 같았다. 그들은 마지막 발악을 하며 동네 유지들을 죽이거나 월북시키려고 끌어가기 시작했는데, 아버지도 그 대열에 끼긴 했으나 요행히 그 소좌가 도와주어 겨우 빠져 생명을 부지할 수 있었다. 그 소좌는 아버지의 두 손을 잡고 하직인사를 드리며 쪽지 하나를 남기고 떠나갔다. 거기에는 "아버님, 반드시 돌아오겠습니다." 하는 짤막한 한 마디가 씌어 있었다.

수복이 된 서울은 폐허나 다름없었으나, 그래도 여기저기에는 희고 붉은 코스모스가 무심히 가을바람에 날리고 있어 전쟁이 할퀴고 간 흔적들이 더욱 처참하게 느껴졌다. 인천으로부터 유엔군이 입성을 하자, 나는 국군에게 끌려가는 포로들을 보면 쫓아가서 그 소좌를 찾아보았으나 번번이 헛수고였다. 발을 질질 끌며 끌려가는 포로들의 군화를 보니, 문득 발싸개로 싸맸을 그들의 짓무른 발이 연상되어 연민을 금할 수 없었다. 자기 의사와는 상관없이 어린 학생들마저 총대를 메고 전쟁터로 나와야 했던 인민군들이라서 그랬는지, 그들이 적이기는 하지만 밉지만은 않았다. 아버지는 인민군들 가운데 그런 소좌같이 예의 바른 군인이 있다는 것이 안타깝다고 가끔 말씀하시곤 했지만, 그 기억은 차츰 잊혀져 갔다.

그로부터 30여 년이 지난 어느 날, 나는 우연히 신문에서 아버지의 함자와 같은 이름을 가진 사람을 찾는다는 광고를 보았다. 광고를 낸 사람의 이름이 낯설지 않아 찾는 이가 동명이인이 아닌가 싶으면서도 혹시나 해서 연락을 해 보니 놀랍게도 아버지를 찾는 것이 아닌가. 찾는 사람은 다른 이가 아닌, 이젠 우리 기억에서 사라진 지 오래된 그 인민군 소좌였다. 아버지는 친아들을 만난 듯 감격해 하시며 눈물까지 흘리고 반가워하셨다. 설마 했던 그 쪽지의 약속을 지켰다는 것이 대견하고 기쁘신 모양이었다.

쪽지를 남기고 후퇴했던 소좌는 자기 소대에서 이탈하여 죽음을 넘나들며 국군에 자수를 했고, 그 뒤 군의 배려로 공군 비행사로 복무하다가 10여 년 전부터는 대한항공에서 근무한다고 했다. 앳되어 보이던 인민군 소좌가 이제는 머리가 반백이 되어 당당한 대한민국의 여객기 기장으로 우리 앞에 나타난 것이다. 그는 지금 자유를 만끽하면서 세계 영공을 신나게 날아다니고 있다. 곧 정년이 되어 기장에서 물러난다고는 하지만, 그가 죽음을 무릅쓰고 쟁취한 조국의 품에서 자기가 해야 할 일이 너무 많은 게 기쁘다면서 흥분을 감추지 못했다. 통일을 위한 일이라면

덤으로 얻은 새 삶을 포기할 수도 있다면서 그는 눈물까지 글썽였다. 오직 바라는 게 있다면, 남북이 통일되는 날 자신이 모는 여객기에 실향민을 태우고 함께 고향을 찾는 일이라고 했다.

지금도 아버지 생신이면 어김없이 찾아오는 초로의 '소좌'를 볼 때마다, 나는 어릴 적 보았던 발싸개를 떠올리며 슬며시 웃음을 지어본다.

(1988)

주머니 속 사랑

　모교 행사에 참석을 했다. 참으로 오랜만에 밟아보는 정다운 교정과 뜰, 수년 동안 밟고 다녔던 곳곳들이 너무도 많이 변하여 오히려 생소하다. 그 시대 풋풋한 정신이 깃들어 있는 나의 온 우주가 되었던 먼 학창 시절을 되새겨 보았다.

　기숙사 선관 208호, 아침마다 나는 구두 수거를 하며 마치 구두닦이가 된 것처럼 선배와 친구들의 구두를 닦았다. 새마을 '소년의 집'에서 공부를 가르치는 아이들 중 구두 닦는 꼬마들에게 방법을 익힌 덕에 내가 닦는 구두는 슈샨 보이 저리 가라 할 정도로 멋지게 빛났다. 이른 아침이면 내 방 앞에는 보통 대여섯 켤레의 신들이 가지런히 놓여있다. 진흙이 묻어있는 것, 닦지 않아 찌든 것, 광이 죽어있는 것들이 수줍은 듯 내 손길을 기다리고 있다.

　어느 날 사감선생님이 당신의 구두를 들고 오셨다. 굽이 낮고 끈을 매는 검은 구두였다. "내 구두도 닦아줄래?" 하시며 굵은 실로 멋지게 짠 손뜨개 스웨터주머니에서 단감과 사과를 건네주셨다. 나는 사감님의 깊은 정을 가슴에 받아 안았다. 주머니가 불룩하게 가져오신 과일은 그 무엇과도 비교할 수 없을 정도의 감동이었다.

나는 정성껏 열심히 닦았다. 구두약을 발라놓고 잠시 말린 후 솔로 닦아내는 구두는 차츰 변모하기 시작했고 마지막 침을 탁탁 뱉어 반짝반짝하게 윤을 냈다. 선생님께서는 깨끗해진 구두를 신고 이리저리 걸어 보시며 환하게 웃으셨다. 룸메이트 선배언니들도 내가 닦아준 멋진 구두를 신고 클래스로 향했다. 구두약이 잘 지워지지 않아 손톱 밑이 까만 채로 부지런히 클래스로 가는 아침은 얼마나 즐겁고 상쾌한지 발걸음도 무척 가벼웠다.

사감선생님께서는 내게 자주 구두를 맡기셨다. 그때마다 통통한 밤과 곶감과 과일을 주머니에서 꺼내 주시고 인자한 미소를 띠시며 "어이 슈산 걸…." 하고 내 어깨를 토닥여 주셨다. 나는 더욱 신바람이 나서 다음 날도 그 다음 날도 여러 켤레의 구두를 닦고 빛나는 구두들을 바라보며 흐뭇해했다. 다른 사람보다 일찍 일어나 구두와 만나는 아침이 이렇게 즐거울 수 있다니, 나는 늘 행복했고 보람 있는 나날을 보냈다.

'소년의 집'에 수업이 있는 날, 아이들에게 구두 닦는 또 다른 비법을 챙겨 물었다. 한 꼬마가 잔구멍이 촘촘한 나일론(낙하산 헝겊) 조각을 주면서 더욱 윤기를 내게 하는 것이라고, 그 헝겊으로 마지막 마무리를 하라고 일러주었다.

기숙사의 겨울은 쓸쓸해지기 시작했다. 방학이 되어 지방 학생들이 거의 고향으로 내려가면서 나는 구두와 만나는 횟수가 줄어들더니 아침에 할 일이 없어졌다. 그래도 사감선생님의 구두를 닦을 수 있어서 조금은 위로가 되었다. 몇 명 남지 않은 기숙사 복도는 스산하고 찬바람이 휘돌았다. 6·25전쟁으로 피난을 갔던 천안에 본가가 있어 방학이면 가야 하는데도, 종로에 있는 클래식 감상실에 다닐 생각으로 나는 꾀를 부리며 기숙사에 남아있었다.

　그러면서 사감선생님과 자주 식사도 하고 학교 앞 찻집에 나가 차도 마시며 정을 나누었다. 방학이 끝나가자 학생들이 돌아와 사감선생께 고향선물을 한 아름씩 가져오면 그때마다 선생님은 주머니가 늘어질 정도로 곶감과 과실들 그리고 약식과 인절미를 양쪽에 매달고 오셨다.

　선생님의 주머니 속에는 크나큰 사랑이 하나 가득 채워져 있었다. 사랑으로 가득 채워진 스웨터의 주머니가 점점 늘어졌는데 마치 아기가 젖을 빨아 늘어진 엄마의 젖가슴 같아서 콧등이 시큰해지곤 했다.

　학교를 방문한 김에 옛 기숙사를 찾았다. 바로 옆에는 다른 건물이 들어서고 새 기숙사는 다른 곳에 멋있게 신축되어 있었다. 비록 낡기는 했으나 내 어릴 적 꿈을 키웠던 오래 전 기숙사 앞에서 잠시 서본다. 앞마당 우람한 나무 밑에서 환하게 웃으시는 사감선생님과 선배언니들, 구두를 들고 뛰어다니던 내 모습… 등 그때의 기억들과 설

렘, 그리움이 두 팔을 벌리고 내게 다가오고 있었다.

스웨터를 걸친 사감선생님이 양쪽주머니에 불룩 사랑을 넣고 손짓을 하고 계셨다.

(2011)

다듬잇돌

　가을을 여는 쪽빛 하늘이 드높은 아침이다. 오늘따라 두 개의 다듬잇돌이 그 위에 놓여 있는 난들과 더욱 조화롭게 보인다. 회색 바탕에 드문드문 흰색이 새털구름처럼 섞여 있는 것은 친정어머니의 것이고, 붉은색이 도는 차돌박이 다듬잇돌은 시어머님이 아끼던 것이다. 건넌방이나 대청마루에 놓아두고 빨래를 손질할 때만 쓰이던 것이 우리 집에서는 장식용으로 쓰고 있다. 그보다 두 어머님을 생각하여 없애지 못하고 간수해 온 것이다.

　1·4후퇴 때 피란을 가기 위해 서울 집을 떠나면서 버리고 갔던 살림들은 수복이 된 후에 돌아와 보니 정원 군데군데에 망가진 채 뒹굴고 있었다. 그 중에서도 반쯤 흙에 묻혀 있는 다듬잇돌을 발견하고 반가워하시는 어머니를 보면서 저런 하찮은 물건이 무에 그리 반가울까 하는 생각을 하기도 했다. 어머니는 그것이 늘 놓여 있던 자리에 도로 갖다 놓고 매일매일 정성스럽게 닦으셨다. 반질반질 윤이 나는 다듬잇돌을 들여다보면 내 얼굴이 거기에 비쳤다. 누런 광목과 옥양목에 명주이불 홑청까지 반듯하게

개어 다듬이질을 하는 어머니의 모습은 전쟁 중의 고통도 다 잊으신 듯 평화로워 보이기까지 했다.

어머니의 다듬이질은 높낮음이 정확하고 리듬감이 있어서 듣기에 좋았다. 늦은 밤에 어머니의 다듬이소리가 들리면 그 소리를 자장가 삼아 어렴풋이 잠이 들곤 하였다. 옥색 깃이나 분홍 깃이 달린 내 이불을 다듬는 날은 어머니에게서 방망이를 뺏어 들고 내가 직접 두드리기도 했다. 그럴 때면 천이 칼로 벤 것처럼 터져 버리곤 해서 칭찬은커녕 꾸중을 듣기 일쑤였다.

결혼하여 시집에서 첫날밤을 보내고 아침을 맞이하던 날, 시어머님은 홑이불 몇 개를 빨랫감으로 내놓으셨다. 보기에는 아직 빨 때가 되지 않은 것 같았지만 시키는 대로 할 수밖에 없었다. 요령이 없어 진풀을 먹여 널었더니 빨리 마르지를 않아 다리가 저리도록 빨랫줄 앞에 서서 이리저리 뒤집어 널어야 했다. 다듬이질을 하려면 어지간히 말라야 방망이에 천이 달라붙어 오르지 않기 때문이다.

거의 저녁 어스름에서야 다듬이질을 하고 시침질을 끝냈다. 부르튼 손바닥에서 물집을 짜내던 나는 다듬잇돌의 깊은 의미를 희미하게나마 알 것 같았다.

오래 전부터 수많은 여인들의 숨겨진 애환을 달래주는 데 적지 않은 기여를 해 온 물건이 다듬잇돌이 아닐까 싶다. 다듬잇돌을 마주하고 온종일 빨래를 다듬으면서 고통과 슬픔, 미움까지도 가슴에 꼭꼭 다져 묻으며 인내를 길러왔을는지도 모른다. 마음속에 번뜩이는 갈등이 일 때마다 차디찬 다듬잇돌의 냉기로 출렁이는 불꽃을 식혔던 것은 아닐까. 그러나 때로는 밤을 지새우면서 의좋은 동서끼리 신나게 쌍다듬이질을 하며 정담을 나누었을 것이다.

시대가 변하여 옛것을 소중히 여기는 일이 점점 희미해지는 요즘, 나 또한 두 어머님의 다듬잇돌을 장식품처럼 놓아두고 집안의 운치나 생각하고 있으니, 이러면서도 손때 묻은 유품을 잘 보관한다고 할 수 있을까.

88올림픽 때 주경기장에 울려 퍼지던 다듬이소리를 들으면서 색다르고 정겨운 옛 풍습에 신기해하던 아이들, 그들에게 한 번쯤 다듬잇돌 앞에 앉은 엄마의 모습을 보여 줄 때가 있을는지.

푸새한 고운 명주나 옥양목 대신에 난 한 분씩을 얹고 있는 다듬잇돌을 대하고 앉으니, 그동안 버리지 않고 간직해 옴을 자랑삼던 자신이 면괴스럽기만 하다.

(1983)

아버지

작년 겨울을 무양(無恙)하게 보내신 아버지가 외출하시는 뒷모습을 바라보니 마음이 가볍고 기쁘다. 그러나 한편으로는 오래 전에 어머니를 떠나보내고 홀로 계시는 것이 늘 마음이 쓰이곤 한다. 워낙 고령이시라 마치 어린아이를 대하듯 조심스럽고, 혹시 무슨 일이나 생기지 않을까 두려울 때가 많다. 그러나 웬만해서는 언짢은 기색을 보이지 않는 아버지의 정신 건강은 아직도 건재하시다.

아버지가 40이 되던 해에 나를 낳으셨으니 그때까지 슬하에 자식을 두지 못한 아버지께는 귀한 늦둥이였다. 내가 초등학교에 입학하여 다른 친구들의 부모님을 보기 전까지는 그렇게까지 늙으셨다는 생각을 해 보지 않았었다. 그러나 차츰 친구들 사이에 놀림감이 되고 이상한 눈으로 바라보는 것이 견딜 수가 없었다.

5학년 때인가, 학부모 회의가 있던 날 어머니가 편찮으셔서 대신 아버지가 참석하지 않으면 안 되었다. 나는 아버지가 학교에 오시는 게 싫었다. 더구나 젊은 엄마들 틈에 서 계실 늙은 아버지를 생각하니 속까지 상했다. 별안간 급한 일이라도 생겨 오시지 않기를 속으로 빌고 또 빌었다.

첫째 시간은 부모님들의 수업 참관이 있었는데 다른 아이들은 뒤를 돌아보며 엄마를 찾아 손짓을 하고 좋아했지만 나는 차마 돌아볼 용기가 나지 않았다. 속을 끓이고 있다가 한참 만에야 슬그머니 뒤를 돌아보니 그때까지 아버지는 계속 나를 지켜보고 계셨는지 환하게 웃으시는 게 아닌가. 갑자기 가슴이 쿵쿵 뛰기 시작하면서 선생님의 말씀이 들리지 않고 칠판 글씨도 보이지 않았다. 공부 시간이 끝나자마자 아버지를 피해서 운동장으로 뛰어나가고 말았지만 그 후로도 한동안 늙은 아버지가 부끄럽다는 생각이 가시지 않았다.

그렇지만 아버지의 교육열은 어느 젊은 아버지보다도 앞서 있었다. 무엇이든지 한 번씩 시켜 보고 그것이 나의 적성에 맞는지를 찾아내려고 하셨다. 헌 책방에 가서 다 낡은 천자문을 사다 주시면서 한문을 익히게 하시고, 먹을 갈아 놓고 붓글씨를 쓰게 하셨다. 어떤 것이 내게 맞는지 고루 배우게 하느라 미술 개인지도까지 받게 하셨다. 꾀를 피우지 않고 시키는 대로 따라했던 나는 차츰 아버지의 깊은 생각을 깨닫게 되었다. 그러나 늘 아버지에 대한 막연한 불만 때문에 때로는 심통을 부리기도 하고 때로는 아버지의 마음을 아프게도 해 드렸다. 그때마다 아버지는 연세에 맞지 않게 나와 더불어 많은 시간을 가지며 젊은 아버지보다 더 신경을 써 주시는 것이었다. 시간이 흐르면서 그렇게 아버지를 창피해하며 꺼려했던 것을 죄송스럽게 여기게 되었으나, 이미 아버지는 쇠잔해지셨으니 이 늦은 깨달음이 안타깝기만 할 뿐이다.

젊은 아버지를 가진 친구들을 부러워했던 내가 어느새 그때 그 아버지의 그림자를 밟고 서 있게 되었다. 늙은 엄마가 되어버린 나를 바라보는 막둥이도 어릴 적 나와 똑같은 생각을 하고 있는 것은 아닐까. 아들의 학교에 갈 일이 있거나 학부모들을 만날 일이라도 생기면 나는 오랫동안 거울 앞에 서서 매무새에 신경을 쓴다. 비록 겉으로 나타내지는 않았지만 남몰래 애쓰고 고민하셨을 그 옛날의 아버지 모습이 어느 사이 거울 속의 내 모습에 겹쳐진다.

오늘도 공원에 다녀오신 아버지가 자리에 누우시자마자 피곤하신 듯 이내 잠이 드셨다. 사십 년 전 나에게 쏟으시던 정열은 간 곳이 없고 검불 같은 모습으로 누워 계신 아버지를 보며 돌이킬 수 없는 시간들을 아쉬워해 본다.

황량한 들판을 스쳐가는 바람처럼 세월의 덧없음이 이렇게 가슴을 짓누르는 것은 그 옛날 아버지를 부끄러워했던 내 잘못에 대한 뉘우침 때문이리라.

(1990)

미안해요 고마워요

지하철을 타고 동작대교를 지나면서 건너편 국립묘지를 바라본다. 단풍이 붉게 물들어있는 나무들은 타는 노을을 받아 더욱 강렬한 빛을 내뿜는다. 방배동으로 이사를 온 뒤 언젠가는 저 곳을 한 번 가봐야 하는데, 맘뿐으로 지내온 세월이 10년째다.

며칠 전 친구들과 KTX 패키지여행을 떠났다. 근래 여행상품이 다양해져서 시간만 나면 여행을 즐기는 친구와 국내 여행을 자주 하는 편이다. 기차 여행을 얼마 만에 하는지 새롭고 흥분이 일었다. 차창 밖으로 휙휙 지나치는 시골의 풍경들이 마치 영상을 바라보는 듯 착각마저 인다. 가을이 깊어가는 11월, 기차여행은 또 다른 감흥을 자아낸다. 앞으로 겨울을 받아들일 준비로 훌훌 벗어내는 계절이여서일까. 스산한 바람이 부는 들녘, 햇빛에 반사되어 빛나는 억새의 흐느낌이 있어서일까.

부산은 대학 시절, 어느 해 여름방학에 잠깐 다녀갔던 기억이 전부였기에 새삼 대학 시절의 오랜 추억을 되돌아본다. 새로 만들었다는 긴 광안대교를 건너 한참 달리니

UN기념공원이 보인다. 잘 전지된 향나무와 깔끔하게 정돈되어 있는 공원은 적막하기 이를 데 없다. 들어서기 전부터 가슴에 무거운 것이 짓누르는 듯 답답해 왔다. 6·25 전쟁에 파병된 UN군들의 넋이 쉬는 곳, 관광코스로 빼놓을 수 없다지만 무엇인가 마음은 무겁기만 하다.

오래 전 부산에 살고 있는 친구로부터 유엔군 묘역이 잘 만들어졌다는 소식을 전해들은 적이 있었다. 그렇다면 그 이전에는 제대로 조성이 되어있지 않았다는 것인가. 언젠가 방영된 〈영웅시대〉라는 드라마에서 잠깐 언급된 장면을 떠올리며 묘역을 바라보는 마음이 예사롭지만은 않다.

이름도 없는 무명용사의 묘도 몇 십 구 있었다. 관리인의 말로는 유가족이 이장을 해가고 2,300여 구가 남아있다고 했다. 군데군데 늦장미가 환하게 피어 있고 사철나무와 회양목이 잘 다듬어져 있으나 공원을 돌아보는 마음은 허허롭기 그지없다. 이역만리 타국에서 그것도 약관의 나이로 목숨을 바친 영령들, 아들을 보내놓고 노심초사하던 부모에게 전사통지가 날아갔을 때, 과연 그들은 무어라 울부짖었을까. 별안간 찬바람이 가슴으로 비수처럼 꽂힌다. 너무 미안하고 안쓰러운 젊은이들. 아들의 허망한 죽음 앞에서 부모의 안타까운 마음을 짚어본다.

이곳 남구에 처음 자리를 잡으려 할 때 구민들의 반대가 커 묘역이라 하지 않고 기념공원이라 명명했다는 말을 들으니 이곳을 거니는 것조차 죄스럽다는 생각이 들었다. 전쟁의 소용돌이 속에서 가족을 떠나 온 젊은이들, 죽음을 예견하면서도 싸울 수밖에 없었던 시대적 이데올로기. 이제는 전쟁의 기억조차 희미해졌지만 우리나라에 파병되어 목숨을 버린 그들을 무슨 말로, 어떻게 보상해 줄 수 있을까.

아들애가 군에 입대했을 때를 떠올렸다. 전시도 아니고 평화로운 시대 국가에 대한 의무를 완수하기 위해서 군에 입대하고 군복무를 마치고 전역할 때까지 얼마나 가슴에 그리움을 품고 살아왔던가. 아이가 신던 구두만 보아도, 입던 옷을 만지면서도 눈물을 삼켰던 시간들이었다.

남편의 생일에 모두 모였다. 왁자한 분위기에 고조되어 있던 남편이 서재로 들어가 아들애의 전역 패를 들고 나왔다. 약장 위에 올려놓고 두 손으로 어루만지며 "정말 보고 싶다"고 중얼거린다. 제대 후 바로 복학하기 위해 외국에 나가 있는 아이가 그리운 모양이다.

천천히 묘역을 걸으며 그들의 이름 하나 하나를 불러주었다. 내 아들이 아니어도 감정의 소용돌이는 부모의 그것인 것 같다. 아무 연고도 없는 한국으로 파병되어 산화한 아들을 어디에, 누구에게 호소를 하겠는가. 허공에 대고 통곡을 해 봐도 소용이 없는 것을.

소슬한 가을바람이 나뭇잎을 날린다. 장미는 아름답게 피어있지만 꽃술이 눈물로 젖어있는 듯 촉촉하다. 정교하게 다듬어진 나무 끝이 뾰족이 가슴에 와 박힌다. 이곳저곳 영령의 숨소리가 날아다니는 UN기념공원. 머리를 숙이고 "미안해요" "고마워요"라고 작은 소리로 중얼거려 본다. 나 역시 어미이기에.

(2007)

뒷모습의 대화들

느림 그 아름다움

싸라기눈이 조용히 내린다. 길목을 조금 지나 아차산 어귀로 들어서는 좁다란 오솔길이 나온다. 느릿느릿 걸음을 옮기자 알싸한 나무의 향이 코끝에 스민다.

천천히 걸으며 이런저런 생각을 하다보면 가끔 방향을 놓칠 때가 있다. 딱히 어디로 가야할 곳을 정하지 않고 들어선 산길이라 여러 갈래의 길을 거슬러 가기도 하고 한 눈을 팔면서 갖가지 생각에 잠겨 길이 아닌 숲속도 걷게 된다. 그때 비로소 내 자신을 넉넉히 받아들이게 되는 것 같다. 낙엽이 발밑에서 부스러지는 소리에 귀를 적시고 그 부스러진 이파리를 보며 삶의 덧없음을 생각한다.

어디를 가나 느림이 대접을 받지 못하는 시대가 되었다. 부지런함을 추구하며 그 개념을 확산시키는 계층이 형성되고 있는 반면 자유를 갈구하며 편안함을 느끼고자 하는 것은 망상일 뿐, 현대인의 병폐로까지 인식되어지고 있다. 일본의 다다이찌로는 그의 저서에서 "세상에는 어찌하여 근면의 사상만이 판을 치고 경제학만이 존재하며 게으름 학은 없는 것일까."라고 '게으름의 이데올로기'에서 피력했다. 과연 나는 근면한가? 아니면 게으른가? 이 둘의 차이는 어떤 것일까. 이따금 새벽부터 일에 싸여 정신을 차리지 못할 때가 있는데, 이것은 근면이 아니라 근면이란 미명하에 자신을 학대하는 일부가 아닐는지.

자유를 만끽하며 편안함을 가질 수 있는 느린 삶은 누구나 누릴 수 있는 특권이며 행복이다. 산모롱이를 돌아 나와서 맞는 오솔길은 정적이며 낭만을 동반한다. 그리고 한가롭다. 느림을 즐기며 느림에 몸을 실어 꼬불꼬불한 좁은 숲길을 아주 천천히 걸어본다. 이것이 내가 산책을 즐기는 이유이며 삶의 여유로움을 되찾는 행복이기도 하다.

작곡가가 오선지에 쉼표 하나를 찍고 나면 심포니와 오페라, 콘첼토가 춤을 추며 현란한 몸짓으로 음율을 쏟아내고 지휘자는 긴 숨을 토하며 지휘봉을 높이 쳐들고 피아노의 건반은 학의 날개처럼 펄럭이기 시작한다. 100여 명의 단원들이 저마다 혼신을 다 하는 손과 팔놀림에서 음역은 서서히 퍼져 흩어지며 감성을 흔드는 황홀함이 장내를 뒤덮는다. 감동의 함성, 빠르고 광활한 소리의 춤사위에서 빠져나와 느릿하게 침잠 속 저 깊은 심연에서 헤엄쳐 나오는 여유로움, 바로 느림의 아름다움이다.

연주를 앞두고 준비하는 아이들마다 "엄마가 앞서 가니 우리가 해야 할 게 없어요." 마치 저희들이 못 미더워 먼저 서두르는 속마음을 꿰뚫고 있기나 한 듯 불평들이다. 그러나 믿지 못하는 게 아니라 나의 일생이 '빨리 빨리'라는 관습의 노예가 돼 있는 것임을 아이들은 모른다.

얼마 전까지만 해도 나는 그것을 근면으로 자부하며 교만을 부렸던 것이다. '하루 시간이 짧아' 하며 새벽부터 할 일을 메모하고 분주하게 움직였다. 하루가 24시간이 아니라 25, 26시간으로 늘일 수 있다는 생각이 깊이 박혀 있었다.

일 년 열두 달 중 공연이 없는 달이 거의 없을 정도로 다섯 아이는 저마다 바쁘다. 그에 발맞춰 나는 더 바쁘다. 지인들 앞에서 될 수 있으면 '바쁘다'라는 말을 삼가려 해도 입에 붙어 저절로 튀어나올 때면 여간 면구스러운 게 아니다. 그러나 오늘을 사는 사람이라면 바쁘지 않은 이가 어디 있겠는가. 초고속시대에 얹혀사는 게 현실이기 때문이다.

그러나 마음을 가다듬고 내면의 탐심을 쏟아내고 보니 그 근면의 정체가 그렇게 좋은 것만이 아니라는 걸 알게 되었다. 심성이 강퍅해지고 감성이 메말라 감동이 사라지기 일쑤다. 호숫가에 앉아 물이랑을 만들며 노니는 오리떼와 억새의 유유한 몸짓에 즐거워하며, 조금은 게으른 여인으로, 여유와 사색으로, 들꽃을 사랑하는 사람으로 서 있고 싶다.

어느 새 오솔길 깊숙이 들어와 느림을 즐긴다. 도시의 소음과 멀어져 가면 갈수록 내 안에 풍요함이 가득해진다.

느림, 은은하게 피어나는 꽃향기 같은 아름다움이다.

(2008)

고모님 텃밭

청수장 앞에서 버스를 내렸다. 전에는 먼발치로 보이던 고모님 댁이 높은 건물들에 가려 보이지 않는다. 이제는 움푹 들어간 집이 되어버렸지만 붉은 장미만은 여전히 한창이다. 꽃나무들이 어우러진 안마당과 이것저것 심어 놓은 채소밭은 아직도 작은 농원을 연상케 해 준다.

고모님 내외분은 농사 짓는 분들처럼 검게 탄 얼굴로 활짝 웃으며 나를 반기신다. 한동안 뵙지 못한 사이에 손마디는 더욱 굵어지고 거친 손등에는 굵은 힘줄이 불거져 있다. 상추를 솎아 내느라 바쁜 중에서도 나를 보자 어찌나 좋아하시는지, 아마도 두 분만이 지내시는 게 무척 적적하셨던 모양이다. 햇빛도 잘 받지 못하면서 싱싱하게 자란 푸성귀를 보니 두 분이 얼마나 정성스럽게 가꾸셨는지 알 수 있을 것만 같다.

처음 이곳에 오셨을 때만 해도 허허벌판에 집이라곤 어쩌다 한두 채밖에 없었는데, 그것도 등산객을 상대로 한 구멍가게 뿐이었다. 건물은 낡고 허술해도 두 분은 굳이 터가 넓은 집만을 고집하셨다. 이사를 거들어 드리고 돌아오던 날 저녁, 내 발걸음이 왜 그리도 무겁던지. 너무 외진 곳에 고모님을 홀로 두고 돌아서는 기분이었다.

어느 해 여름, 아이들과 고모님 댁에 가게 되었다. 떠나기 전부터 아이들은 시골에라도 가는 듯이 마음이 들떠 부산스러웠다. 오랜만에 찾아간 고모님 댁에서 흙장난을 하기도 하고 주렁주렁 달린 포도와 토마토를 따면서 신기해했다. 고모님은 손녀들의 노는 모습이 사랑스러우신 듯 점심 준비를 하면서도 애들에게서 눈을 떼지 않으셨다. 밭에서 손수 가꾼 채소들로 만든 반찬은 좀처럼 야채를 먹지 않던 아이들에게 별미였던 모양이다. 수북이 떠준 밥 한 그릇을 순식간에 비우고 풀어 놓은 강아지들처럼 이리저리 뛰면서 여간 좋아하는 게 아니었다. 아이들이 할머니를 따라 닭장에 들어갔다가 저마다 코를 움켜쥐고 뛰어나오는 바람에 한바탕 웃음을 터뜨리기도 했다.

뒤란으로 가서 흙을 한 움큼 쥐어 보았다. 늘 두엄을 묻어 주며 정성껏 가꾸시더니 밭이 더욱 비옥해진 것 같다. 눈을 들어 건너편 언덕배기를 올려다니 정취가 그림같다. 이 모든 것이 고모님을 이곳에 붙들어 두는 이유가 되는가 보다.

외국의 차관을 얻어 짓기 시작한 ICA 주택이 생긴 것은 바로 이 무렵이었다. 마음만 먹으면 새 집으로 이사를 할 수도 있었는데도 고모님은 그럴 생각이 전혀 없으신 듯했다. 그 주택은 모든 시설이 편리하고 현대식이어서 누구나 선호했지만 오직 두 분만은 아랑곳하지 않았다. 누가 이사 이야기라도 꺼내면 앞산에 붉게 피는 진달래를 보는 것이 얼마나 좋은지 모른다며 번번이 핑계를 대곤 하셨다. 그리고 십여 년이 지나자 골목 어귀에 있던 옛집들이 헐리고 새 집들이 들어서기 시작했다. 어느 사이 청수장 길목에도 크고 작은 건물들이 빽빽이 들어서고 이삼 년 전부터는 함께 살던 이웃들이 하나둘 떠나갔다. 텃밭에서 일을 하시다가도 틈만 나면 떠나간 이웃집 대문 안을 들여다보시는 고모님, 어수선하게 널려 있는 깨진 독이며 양동이, 버려진 신짝들이 고모님을 더 허전하게 만들었을 것이다. 파헤쳐질 것도 모르고 소복이 피어 있는 채송화, 한련, 그리고 접시꽃, 한 소쿠리씩 따던 대추나무와 앵두나무가 뽀얀 먼지를 뒤집어쓰고 있다고 안타까워하면서, 늘 함께 거름을 주며 텃밭을 가꾸던 맘씨 좋은 나주댁 얼굴이 떠올라 눈시울을 붉히셨다.

이웃에 다세대 주택이 들어서기 시작하자 아들 내외와 충돌이 더 잦아졌다. 마침내 아들네만 강남으로 분가를 시키고 나니 손자들의 얼굴이 눈에 밟히는 듯했고, 이제는 사방으로 삼사층 건물이 들어서서 온종일 햇빛 구경을 할 수가 없게 되자 거의 매일 밤잠까지 설치시는 것 같았다.

그러던 어느 날, 고모님은 페인트 가게를 찾아가셨다. 그리고는 흰 페인트를 여러 통 사들고 페인트 공을 앞세워 돌아오셨다. 집 안팎을 온통 하얗게 칠할 생각이라고 했다. 그들을 따라다니며 감독을 하고 일을 시키는 고모님은 마치 한 소대를 지휘하는 소대장 같다는 생각이 들었다. 집에 하얀 칠을 한 덕분인지 햇빛이 들지 않아 우중충했던 집안이 조금은 환해졌다. 텃밭의 푸성귀들도 햇빛 대신 흰 벽을 바라보며 자라야 될 것 같다고 쓸쓸히 웃으시는 고모님이 부쩍 수척해 보였다.

라면 상자에 내게 주실 상추와 쑥갓, 솎음배추랑 시금치를 차곡차곡 넣으시는 고모님의 거친 손을 보는 순간 콧등이 찡해왔다. 그래도 힘있게 손을 흔들어 주시는 모습을 돌아보며 나는 대문을 나섰다. 언덕을 내려오는 길에 집이 헐린 빈터 여기저기에서 흙에 묻혀 있는 꽃나무들을 한 묶음 뽑아들었다. 활짝 핀 꽃들을 감싸안으니 비로소 고모님의 깊은 마음을 헤아릴 수 있을 것만 같다.

비록 햇빛을 잃은 터전이긴 하지만 작은 소망을 가꾸며 꿋꿋하게 살아가시는 두 분을 뵙고 나니 돌아오는 발걸음이 한결 가벼웠다.

(1987)

마중물

피란시절 그곳은 읍내에서도 40리를 들어가야 하는 두메산골이었다. 집집마다 우물에서 두레박으로 물을 퍼 올려 쓰고 그나마도 우물이 없는 집은 멀리 떨어져 있는 샘물을 식수로 썼다. 한 마을에 부농(富農) 한두 집은 펌프를 설치해 쓰고 있었는데, 물을 붓고 한참 펌프질을 해 줘야 물이 나오기 시작하는 그 쇳덩이가 여간 신기한 게 아니었다.

물 한 바가지를 펌프에 붓는 것은 땅속에 있는 물을 끌어올리기 위해 마중을 가는 것이라는 어르신들의 말씀을 듣고도 무슨 말인지 이해가 되지 않았다. 펌프의 원리를 몰랐던 시절의 궁금증이 나이를 더해 가며 비로소 깨닫기 시작했다.

마치 밤에 오시는 귀한 손님을 맞이하기 위해 마중 나가는 주인의 따뜻한 마음처럼 마중물은 땅속으로부터 물을 끌어올리기 위해 씨앗 물이 되어 물길을 이어주는 에너지 역할을 한다는 근원을 알았다.

그러고 보면 우리 주변에도 마중물이 많다. 가을 현란

한 빛으로 녹아드는 단풍은 다가올 겨울을 마중하고 불타는 듯한 석양은 밤을 마중하기 위해 온몸을 태운다. 2013년의 마지막 날 우리는 모두가 2014년 신년을 마중하기 위해 온 마음을 다해 서로를 부둥켜안고 끝 날의 인사를 하는 게 아닐까. 과거는 현재를 마중하고 현재는 미래를 마중하기 위해 존재하는 것이기도 하다.

딸아이가 결혼을 한 지 5년이 되도록 아기가 없었다. 처음 2,3년은 별 생각 없는 듯 보였으나 차츰 시간이 흐를수록 아이는 물론 나 또한 초조한 마음이 들기 시작했다. 근래 산부인과를 찾는 불임환자가 점점 늘어난다는 매스컴의 소식이나 주위 아기를 갖지 못해 병원을 찾는 사람들이 많은 것을 보며 딸애는 점점 불안감이 깊어지는 것 같았다.

어느 날 병원을 다녀온 아이에게 나는 '마중물'에 관한 이야기를 들려주었다. 아기를 가지려면 마치 마중물처럼 마음의 평안과 좋은 생각, 그리고 적당한 신체 단련으로 아기가 찾아왔을 때 잘 맞이할 수 있는 건강한 몸을 만들어야 한다고 강조했다. 아기를 마중하기 위해 모든 준비를 해 나갈 때 비로소 귀한 생명이 찾아오는 것임을 간곡히 일러주었다.

우리가 살아가는 주위 환경엔 어디든 마중물이 있다는 것을 깨닫지 못하고 지내왔었다. 인간관계뿐만 아니라 삶의 이치 가운데도 마중물이 항상 존재한다는 것을 일찍 알았다면 좀 더 가치 있는 삶을 살아오지 않았을까 싶다.

비를 마중하기 위해 먹구름이 몰려 고갈된 땅위에 단비가 내리듯 메마르고 돌덩이처럼 굳어있는 곳에 한 바가지의 마중물을 부어 끝없는 욕망과 미움 또한 이기심을 씻어내고 인간미 넘치는 따뜻한 세상이 된다면 이보다 더한 보람이 있을까.

나는 오늘도 한 바가지의 마중물이 되어 내 이웃을 마중하려고 한다.

(2012)

뒷모습의 대화들

그곳은 파도가 이는 바다처럼 거대하였다. 오랜만에 명동 거리에 선 나는 사람들 틈에 끼어 서서히 밀리며 전혀 내 뜻과는 상관없이 행렬의 일원이 되었다. 주말 초저녁, 로댕 갤러리로 가는 길에 시간이 남아 들어선 명동은 그야말로 인간 축제 한마당이었다. 어찌 이곳엘 들어섰는지 후회막급이었으나 다시 돌아 나오는 길은 더 힘들어서 그냥 묻혀 가기로 했다. 중앙로를 지나 옛 태극당 쪽으로 나오니 행렬이 조금은 헐렁해졌다. 나는 도망치듯 신세계 쪽으로 방향을 잡고 그 대열에서 빠져 나왔다.

행렬에 끼어 걸으며 보았던 사람들의 뒷모습이 지워지지 않는다. 등판이 넓고 시원한 뒷모습엔 활달한 성품이 엿보였지만, 어쩐지 외로움도 스며 있어 보였다. 등이 굽어 어깨가 앞으로 휜 등에는 불안과 초조함이 깃들어 있었다. 뒷모습의 대화는 가지각색이었다. 너나없이 갈급한 마음을 지닌 젊은이들의 고민과 이 시대 각박함에 몸부림치는 가슴앓이 소리, 밀려오는 문명의 이기와 시대의 변화에 체계적 논리를 추구하는 번민이 들려오는 것 같았기 때문이다.

2년 전 타계하신 아버지가 아침마다 공원으로 출타하실 때면 나는 언제나 아버지의 뒷모습을 한참이나 바라보곤 했다. 인생의 허허로움이 얹혀있는 두 어깨, 작은 등에 배어 있는 고적함을 보고 있었던 것이다. 한 마디의 불평도 하소연도 없으셨지만 아버지의 뒷모습은 언제나 내게 여러 말을 해주시는 듯이 보였다.

마음속에 숨어 있는 이야기들, 생각은 있으나 드러내지 못하는 진심을 가늠할 수 있는 것은 오직 말이나 행위밖에 없을 듯싶지만, 뒷모습은 그것을 거짓없이 말해준다. 뒷모습에는 자신도 모르는 그만의 진실이 얹혀 있다. 아무에게도 말할 수 없는 이야기들로 가득하다. 저녁나절 집 근처 공원에 앉아 지는 해를 바라보는 쓸쓸한 마음처럼 어쩐지 아버지의 등에는 그 고독이 배어 있는 것이다.

어느 책에선가 "진실은 겉으로 나타나려 하지 않는 특성이 있다. 진실은 안개에 가려 있는 이름 없는 들꽃처럼…" 나는 이 구절을 항상 마음에 넣고 다닌다. 밝히고자 하여 급히 밝혀지는 것이 아니라 언젠가는 그 모습이 자연스럽게 드러나는 진실, 이런 진실을 갖고 싶기 때문이다.

뒷모습의 대화들, 차마 말로는 할 수 없는 애달픈 하소연, 가슴에 묻어두고 말할 수 없는 사랑 이야기, 일몰을 바라보는 노년의 가슴속 이야기들, 떠오르는 태양을 바라

보며 받아 안는 벅찬 바람들. 누구에겐가 고백해야 할 절
실함이 그 대화들 속에 한 무리 안개꽃으로 피어 있다.

몇 년 전 크루즈 여행을 갔을 때 스위스 여행객들과의
만남을 내가 소중히 간직하고 있는 것은 그들의 밝고 맑
은 모습뿐만 아니라 그들의 마음가짐 때문이었다. 그들은
한결같이 퇴직을 명예롭게 여기며 열심히 살아온 지난 세
월에 대한 자축을 했다. 이제부터는 자신과 아내를 위해
서 남은 시간을 보람 있게 가꾸어 가는 것이 나머지 삶의
목표라고 하며 서로 감싸안는 모습이 아름다웠다.

나는 그들의 여유 만만하고 자신감이 넘치는 모습을 부
러운 마음으로 바라보면서 문득 우리의 가장들을 떠올렸
다. 나이가 들면서 허리는 구부정해지고 어깨조차 작아진
우리들의 가장, 차마 가족에게는 아무런 표현도 하지 못
하는 가장의 어깨에는 고뇌와 갈등의 돌덩이가 짓누르고
있지 않던가.

차츰 마음의 문을 닫아거는 가장의 속내를 헤아리지 못
하는 가족이 어찌 뒷모습의 이야기에 귀기울일 수 있으
랴. 퇴직을 하고 나면 인생의 끝이라 여기어 쓸쓸해하고
소외감을 느끼는 우리네의 가장들, 그러나 가족이 모여
퇴직을 축하하며 몇 십 년의 노고를 치하하고 위로와 감
사를 보내는 것만이 처진 어깨에 힘을 실어주는 일이 되
련만….

명동을 벗어나기는 했으나 구름 떼처럼 밀려 오가던 젊

은이들의 뒷모습이 눈에 아른거린다. 아직은 이 시대가
결코 암울하지만은 않다. 공허하지만도 않다. 이들의 고
뇌가 헛되지 않을 것이므로.　　　　　　　　　(1999)

남편의 방

새천년을 맞이하는 카운트다운이 시작되었다. TV에 맞추어 손가락을 꼽아가며 세시던 아버지가 새천년을 맞이하고 보름 만에 떠나셨다. 103세에 타계하셨으니 호상 중 호상임에도 내 가슴 한 구석엔 휑하니 바람구멍이 뚫렸다.

아버지를 모시고 살아온 지가 이십칠 년이다. 동기간이 없으니 내가 모셔야 하지만, 장인에 대한 남편의 효성이 아니고는 이렇듯 긴 세월을 함께 살아간다는 것이 쉬운 일은 아니다.

아버지를 벽제 동산에서 하직하고 돌아온 후 집안은 찬 바람이 휘도는 듯 적막하기 그지없다. 계실 때에는 느끼지 못했던 아버지의 온기가 얼마나 따뜻했는지 절실하게 느껴진다. 며칠 동안 문을 열고 들여다만 보다가 아버지의 방을 새롭게 꾸며야겠다는 생각을 했다.

아버지가 거처하시던 곳을 남편의 방으로 꾸미면 좋겠다는 생각이 들었다. 도배가 끝나고 책상과 책장이 들어오고 책을 꽂고 나니 아담한 서재가 되었다. 퇴근하여 돌아온 남편이 몇 번이나 들락날락하면서 좋아하는 모습이 흡사 아이 같았다.

방은 여러 개 있었지만 남편만의 공간이 없는 게 마음에 걸렸었다. 그래서 남편은 늘 회사에서 끝내지 못한 잔여분을 가져와 거실 탁자에서 마무리를 하곤 했다. 아직 남아 있는 두 아이가 있고 장인이 계시니, 자신만의 공간으로 사용할 만한 방이 없었던 것이다.

나이가 들수록 내 방이 따로 있으면 하는 생각이 들곤 하는데 남편은 오죽했을까 싶다. 집에 돌아와서도 글 한 줄 조용히 읽을 만한 공간이 마땅히 따로 없다는 게 얼마나 불편했을지 미처 생각조차 하지 못한 긴 세월이었다. 남편에 대한 배려도 없이 그저 불평을 할 줄 모르는 사람으로 알고 살아 온 지난 세월이 미안스럽다.

남편도 자신만의 세계가 필요했을 텐데, 아무 내색 없이 묵묵히 지내온 것을 생각하면 고맙기만 하다. 이따금 서재 이야기를 하면 사무실에 있는 자신의 방이 얼마나 좋은지 몰라서 그런다며 환하게 웃어주곤 하던 그였지 않은가.

자신만의 공간이란 없어 불편하기는 해도 꼭 있어야만 되는 것은 아니라고 여기며 지내왔다. 그러나 이따금 나만의 세계, 나만의 공간을 절실히 원할 때가 있다. 조용히 비가 내리는 날이나 소리 없이 흰눈이 소롯이 내려앉는 날이면 누구에게도 간섭받지 않고 전화벨조차도 들리지 않는, 오로지 내 숨소리만을 들으며 지낼 수 있는 나 홀로의 사색처가 필요한 것이다.

수십 년간을 아이들과 장인의 방을 마련하면서도 자신만의 작은 서재 하나 없이 지내온 남편에게 새삼 뜨거운 감사의 마음이 우러나온다. 이제 남편이 편히 쉬며 사색하는 서재가 꾸며졌다. 방에 들여놓은 가구들을 몇 번이고 만져보며 남편은 나올 줄을 모른다. 유리창 밖에는 우면산의 산자락이 휘돌아 짙푸른 속삭임이 들리는 듯하다. 아버지가 주야로 쓰시던 방, 아버지의 체취가 채 가시지 않은 곳이지만 그렇기에 더욱 좋다는 남편은 따뜻한 마음을 하나 가득 그 방에 채워 넣는다. 아버지가 숨쉬고 생각하고 소중히 여기며 지내시던 이 공간에 이젠 남편의 숨소리와 체취가 가득해진 것이다.

이제 남편은 떠난 이의 허탈감을 채워 줄 또 다른 인기척을 만들며 나를 안위시켜 준다.

(2000)

큰 발

현관에 벗어 놓은 커다란 신들이 오늘따라 내 눈길을 끈다. 내 아이들의 신같지 않게 어른스런 신들이 가지런히 놓여 있는 것을 보면 마치 내 집에 손님이 와 있는 것 같은 착각이 들기도 한다.

방학 때만 잠깐 돌아와 벗어 놓는 그 신들이 왜 이렇듯 낯설게 여겨지는지 모를 일이다. 이 신들을 신고 아이들은 내가 가보지 못한 세계 곳곳을 밟고 다니겠지. 방학에 돌아오는 그 애들을 볼 적마다 옷매무새와 말솜씨가 날로 세련되어 가고 성숙해져 가는 것을 느끼곤 한다. 또 그들의 일이 따로 생기면서부터 생활은 더욱 분주해지며 엄마가 몰라도 되는 일들이 많아지기 시작한다.

큰아이가 첫 걸음마를 할 무렵, 그애에게 신겨주려고 까만 칠피 구두를 한 켤레 샀다. 너무 앙증맞고 예쁜 구두였다. 그러나 첫 발자국을 뗄 때에는 그 구두가 너무 커서 신기지를 못했다. 한참을 지나서야 구두는 제 구실을 하게 되었고 타박타박 걸어다니는 아이의 그 두 발이 얼마나 사랑스러웠는지 모른다. 발이 점점 커져서 동생에게 물려주게 되었을 때는 그애에게 하얀 구두를 사 주었다. "콩나물처럼 쑥쑥 자라거라." 아이들이 어서어서 자라서 자꾸 큰 신발로 바꾸어 신게 되기를 기다렸다. 까만 구두, 하얀 구두, 노란 구두 그리고 여러 가지 모양의 운동화들을 자꾸 사서 주는 기쁨을 맛보곤 하였다.

그런데 아이들의 발은 어느새인가 부쩍 커버려 그 큰 발로 자신들의 신을 직접 사러 다니게 되었다. 내가 사주는 신은 반가워하지 않아 나로서는 아이들의 신을 사서 신겨주는 기쁨을 잃어버렸지만, 그 큰 발들은 이제 어미의 손을 잡지 않고도 어디든지 혼자 갈 수 있게 되었다. 그러다가 마침내는 그 발로 멀고 먼 이국땅까지 밟고 다니게 된 것이다. 그것은 내가 바라던 일이기에 당연하게 받아들여야 하는 것을 알면서도 왜 내 가슴은 텅 빈 것 같은 느낌이 드는지 알 수가 없었다.

아이들의 발이 자랄 때까지 내가 하고 싶은 일들은 뒤로 미루어 놓았었다. 그러나 발이 다 자란 지금은 더욱 할 일이 많아지고 심각하고 무거운 문제들이 내 앞에 가로놓여 있다. 그 일들이 또 내가 하고 싶었던 일을 가로막고 있기는 하지만, 그래도 아이들을 위해서 해야 할 일이 있다는 것이 기쁘게만 여겨진다.

반닫이를 정리하던 중에 아이들이 어렸을 때 썼던 조그만 모자와 장갑을 발견했다. 그리고 또 누구에게도 물려주지 못하고 아까워 간직해 온 까만 칠피 구두를 꺼내 보았다. 이 모자를 쓰고 장갑을 끼고 조그만 이 구두를 신고 나를 따라다니던 아이들의 모습이 먼 옛날 일처럼 희미하게 떠오른다.

큰애가 다섯 살 때였다. 어느 날 집안 일을 대충 끝내고 아이를 찾았으나 보이지 않았다. 아이가 갈만한 곳은 다 뛰어다녀 보았으나 영 찾을 수가 없었다. 미친 듯이 헤매며 근처 초등학교 앞까지 다달았을 때 큰애가 하학하는 학생들 틈에 끼여 통통거리며 나오는 게 아닌가. 눈물이 범벅이 된 내 얼굴을 만지며 "엄마, 발이 이만큼 큰데 왜 학교에 못 가?" 하며 때가 반질반질한 새카만 발을 번쩍 들어 보였다. 야단을 치리라 벼르고 있던 마음이 안도의 기쁨으로 바뀌어 말없이 아이를 꼭 껴안고 돌아왔다. 제 딴에는 발만 크면 으레 학교에 가는 줄 알았던 모양이었다.

지난날을 돌이켜보니 그때의 나도 역시 큰애만큼이나 어서어서 발이 커주기를 바랐으나, 그래도 아이들에게는 엄마가 절대로 필요한 존재로 언제까지나 남아 있으리라는 기대를 했었다. 하지만 행여 엄마를 잃어버릴까봐 손을 놓지 않던 아이들이 지금은 나의 간절한 보살핌과 눈길을 멀리하고 저희들의 세계로 자유롭게 떠나가고 있다.

아이들이 신을 신고 돌아서는 뒷모습에서 문득 타인을 느낄 때가 있다. 그러나 내가 낳아 기른 자식들이 이제는 발도 몸도 다 커버려서 엄마를 필요로 하지 않는 날이 온다 하더라도 그저 대견해하고 감사하는 마음으로 그들을 지켜볼 수 있도록 나를 다스려야 할 때가 왔음을 실감한다. 그래야만 아이들이 아무 거리낌 없이 제 갈 길을 갈 수 있게 될 것이 아닌가. 그래야만 지금보다 더 몇 배 넓은 세계를 향하여 그들의 꿈을 펼 수 있을 것이다.

발이 커져 예쁜 구두를 갈아 신겨주는 것이 큰 기쁨이었던 엄마는 이젠 그 큰 발에 자유의 날개를 달아주어야 한다는 것을 느끼면서, 아이들의 커다란 신발에 얹혀 있는 세월을 본다.

(1991)

한 획을 그으며

  손톱을 날카롭게 세우던 혹한이 서서히 물러가려는지 오늘 아침은 유리 창밖 물방울이 구슬되어 줄줄이 굴러내린다. 2월이라지만 아직은 끝자락 겨울 냄새가 가시지 않는 걸 보면 봄은 어딘가에 숨어 있나보다.

  거실 문을 연다. 겨우내 한 번도 집안으로 옮겨주지 못한 난들이 용케도 얼지 않고 버텨주어 고맙고 대견하다. 그중 두 분의 난이 수줍은 아낙처럼 여린 꽃대를 올려주었다. 햇볕은 여리나 내공을 쌓은 겨울 속, 그 안에 조용히 흐르는 봄기운이 서서히 잦아든다.

  우리 집 뒷 발코니 창에는 언제나 사계절이 지나간다. 오후가 되면 핏빛을 토해내는 석양이 창틀에 얹혀 그 빛을 처연하게 뿜어내는데, 계절마다 감동이 다른 한 폭 수채화가 걸린다. 겨울의 잔영이 희미해진 나른한 봄, 내 창에는 유년 뒷동산에서 만났던 아지랑이와 달래·냉이·씀바귀의 아련한 추억들이 머물고.

  몇 년 전 타계하신 아버지는 유난히 봄을 좋아하시며 늘 기다리셨다. 수십 년 가꾸시던 은행나무 분재 두 그루를 어루만지시고 미처 겨울이 가기 전부터 뾰족이 올라오는 여린 새순을 감격으로 맞이하시곤 했다. 어느 초봄, 순이 나올 때가 지났는데도 은행나무는 아무런 기척 없이 바짝 마른 몰골로 아버지를 슬프게 했다. 영양제를 뿌려주고 정성을 기울였으나 나무는 아무 변화도 일어나지 않았고 봄이 이울어 5월이 되었는데도 숨도 쉬지 않는 듯 보였다. 아버지께서는 입맛도 잃으시고 나무에만 신경을 쓰시며 나날을 보내셨다.

옆에서 그 모습을 바라보며 나 역시 애가 탔다. 오로지 자녀라곤 나 하나만을 두신 아버지가 그 나무에 애착을 가지는 마음을 알기에 안쓰럽기까지 했다. 그러던 어느 날 난을 살피다가 깜짝 놀랐다. 거칠한 마른 가지마다 연록색의 작은 순이 빠끔히 얼굴을 내밀고 있는 게 아닌가. 탄성을 지르며 "아버지 나왔어요, 나왔어." 의아해 하시는 아버지를 붙잡고 베란다로 나갔다. "어이구 이놈들아 왔구나!" 아버지 눈에 눈물이 고였다. 그렇게 봄은 환희를 동반하고 찾아왔다.

모든 생명을 깨우고 설레는 새날을 약속하는 계절. 음울한 외투를 벗고 내밀한 소리와 함께 구수한 땅 냄새가 온 대지에 퍼지기 시작하면 퇴색한 나무엔 새 우주가 열린다. 살얼음 덮인 개울에 살짝 물길을 열어주고 나비처럼 산사 버들가지, 소나무, 잣나무가 꽃가마 타고 새색시마냥 사뿐사뿐 찾아오는 봄의 전령.

어느 해 성급한 봄 마중을 나간 적이 있다. 겨우내 껴입었던 내의를 벗어버리고 실크 블라우스에 재킷만 걸치고 한껏 멋을 부렸던 2월 끝날, 뼛속까지 스며든 바람으로 며칠 동안 몸살을 앓았던 기억을 되새겨본다. 정녕 봄은 왔는데 봄은 아닌 듯 매서운 칼바람이 숨어있는 것은 떠나기 싫은 늦겨울의 훼방꾼이 남아 있어설까.

지금 내 창엔 이른 봄 잔설이 흩날린다. 떠나가는 겨울에 작별을 고하고 새날을 기리듯 거리 젊은이들의 발소리가 경쾌하다.

겨울의 한 자락을 살며시 놓고 봉긋 버들개지를 열어 꿈과 희망을 품어 안는 봄. 이 계절에 나도 다시 한 번 거대한 꿈의 한 획을 그어본다.

아들의 편지

이십여 일 집을 떠나 있는 동안 제일 염려가 된 것은 누구보다도 아들애였다. 늦잠은 자지 않는지, 아침밥은 거르지 않는지, 궁금한 것이 한두 가지가 아니었다. 공부에 대해서는 다른 엄마들처럼 나도 마음을 놓을 수가 없다. 마침 중간고사가 시작될 시기에 집을 비우게 되어 아이가 공부를 소홀히 하지나 않을까 여간 조바심이 나는 게 아니었다.

넷째딸의 연주가 끝나기를 기다리기나 한 듯 보스턴에 있는 큰딸에게서 아기를 출산했다는 연락이 왔다. 몸은 하나인데 양쪽을 오가며 어미 구실을 해야 하는 게 힘들기는 하지만, 아직도 내 도움을 청하는 자식들이 있다는 것이 고맙고 행복하다.

그러나 아이들을 보살피는 일은 한계가 있다. 큰애는 어지간히 몸을 추스르자 잠시도 쉬려 들지 않았고, 몸조리를 시키려고 해도 아기 키우는 방법을 배워야 한다면서 제 할 일은 제가 곧잘 한다. 며칠 더 머무르며 도와주고 싶었지만 아쉬운 채로 뉴욕으로 돌아왔다. 그러나 이곳에도 내가 할 일은 별로 없었다.

어릴 때는 엄마에게 매달리며 요구가 많던 아이들이 차츰 어른이 되면서부터 어미가 해 줄 일이 없어지기 시작했다. 때로는 내 자신이 그 애들에게 하릴없는 손님같이 느껴져서 서운한 생각마저 들었다.

갑자기 서울로 빨리 돌아가야겠다는 생각이 들었다. 내가 하루라도 집을 비우면 불안해하고 당장 무슨 큰일이라도 생길 것처럼 힘들어하는 남편과 아들애가 보고 싶었다. 내 존재에 대하여 자긍심을 갖게 하고 없어서는 안 되는 사람으로 당당하게 인정을 받는 내 집이 그리웠다.

비행기가 김포공항에 가까워지자 쑥스럽게도 가슴이 두근거렸다. 한두 번 다닌 여행도 아닌데 이번에는 무척 오랜만에 돌아오는 것같이 느껴졌다. 집에 들어서자마자 아들애 방부터 둘러보니 전혀 흐트러져 있는 모습이 아니다. 아무렇게나 뒹굴던 테이프와 책들은 책꽂이에 가지런히 꽂혀 있고 방안은 깨끗이 정돈되어 있는 게 아닌가.

내가 상상했던 것과는 달리 집안은 조금도 변한 것이 없고 모든 것은 제자리에 그대로 놓여 있었다. 내가 떠나기 전보다 더 깨끗하고 반듯한 채로. 부엌으로 들어가니 냉장고에는 식품이 골고루 채워져 있어 마치 남의 집에 오기라도 한 것처럼 서먹한 마음마저 들었다. 내가 잠시라도 없으면 모든 일이 제대로 되지 않을 것처럼 걱정하던 식구들이 의외로 차분하게 잘 지내고 있는 모습을 대하자 왠지 섭섭한 마음이 앞섰다.

갑자기 허탈해져 잠시 앉아 있자니 지난봄 포천 근방에 있는 '노인의 집'을 방문했던 일이 떠올랐다. 명절 때나 특별한 날에는 찾아오는 이들이 많지만 평소에는 별로 방문하는 사람들이 드물어서인지 무척 반가워했다. 노인들 중에는 하루 종일 마당에서 서성거리는 분도 있지만 대부분 방안에서 무기력하게 앉아 있는 분이 많았다.

이 방 저 방 다니며 가지고 간 음식과 옷가지들을 나누어 드리다가 방 한구석에 그림같이 앉아서 부지런히 손을 놀리고 있는 할머니를 보았다. 우리가 가까이 다가가도 하는 일에 열중해 인기척을 듣고야 얼굴을 들어 우리 일행을 반겨주었다.

할머니는 신문지나 포장지, 담뱃갑의 은박지 따위로 종이학을 접고 계셨는데 소쿠리에는 그것들이 수북이 담겨 있었다. 그분에게는 손자가 셋 있는데 그 애들의 앞날에 좋은 일만 생기기를 기원하며 학을 접고 있으면 행복해진다고 했다. 그렇게 말하는 할머니의 얼굴에는 기쁨이 넘쳐 보였다. 다른 노인들과는 다르게 당신의 할 일을 찾고 그 일에 만족하는 빛이 역력했다. 굼뜬 손놀림으로 하나씩 작은 행복을 만들면서 할머니는 손자들의 얼굴을 하나하나 그려본다고 했다.

다른 한편에는 자식들을 원망하고 서러워하다가 마침내 마음문을 걸고 하루하루를 보내는 이도 있었다. 무엇인가 해야 할 일을 찾아서 자신을 그 일에 몰입시키는 할머니에게 고마운 마음이 든다. 어떤 사정으로 이곳 생활을 하게 되었는지는 모르지만, 당신의 처지를 비관하지 않고 꿋꿋하게 지내는 모습을 가슴에 담고 돌아왔다.

오래 비워 두었던 책상 앞에 앉았다. 책상에 놓여 있는 아이의 편지가 눈에 띄었다.

"엄마가 보고 싶었어요. 안 계시니까 허전하고, 엄마의 잔소리도 그리웠어요. 책상 앞에 앉아서 글 쓰시는 모습을 빨리 보고 싶어요."

참으로 오랜만에 읽는 아들의 편지다. 어버이날에 받아 보던 그런 편지가 아니라 진정으로 마음을 담아 쓴 글이기에 더욱 가슴이 뭉클했다. 아이가 몸만 자란 게 아니라 마음도 많이 성숙했음을 보여준 글이다. 아이의 편지는 나에게 다시 새 힘을 솟게 하고 기쁨을 주어 잠시 공허했던 마음을 따뜻하게 채워 주었다.

양로원에서 만났던 할머니를 생각하며 미래의 나를 그려본다. 남이 모르는 고뇌와 외로움을 참으며 인생을 마무리하려는 할머니의 모습이 지워지지 않는다. 이제부터는 남이 나를 위해 무엇인가 해주기를 바라기보다는 먼저 남을 위해 내가 해줄 수 있는 일을 찾으려고 한다. 내 도움을 필요로 하는 사람들에게 작은 보탬이 될 수만 있다면 보람 있는 삶이 되지 않을까. 과연 아들애가 얼마 동안이나 정이 담긴 편지를 이 엄마에게 쓰게 될는지 모르지만, 벅찬 마음으로 아들에게 답장을 쓴다. (1997)

그 여자의 손톱

내 옆에 앉은 여인의 손톱이 우연히 눈에 들어온다. 펜을 쥐고 있는 그녀의 긴 손톱 밑이 새까맣다. 보지 않으려해도 자꾸만 눈길이 그리로만 간다. 왜 손톱이 지저분한걸까. 손톱은 왜 깎지 못한 걸까. 이런저런 생각이 꼬리를문다. 함께 앉아 있는 1시간 내내 강의가 좀처럼 귀에 들어오지 않았다.

앞마당에 심은 봉숭아가 꽃이 필 무렵이면 손톱에 빨갛게 봉숭아물 들일 생각에 잠을 설치곤 했다. 눈만 뜨면 꽃밭으로 나가 꽃 몽우리가 얼마나 열렸나 들여다보고 잠자리에서 손가락을 펴 봉숭아물이 잘 들여진 손톱을 머릿속에 그려보는 게 어릴 때 내 작은 꿈이었다.

나는 해마다 봉숭아물을 들였고 빨갛게 물들인 손톱은무서리가 내리고 겨울이 깊어질 때까지도 없어지지 않았다. 그러나 손톱이 길어지면 깎아야 하고 그럴 때마다 봉숭아물은 초승달처럼 가늘어져 나를 안타깝게 했다.

어머니는 그런 내 마음을 아신 듯 봉숭아꽃을 따 그늘에 말려 정성스레 간수를 하셨다. 내 손톱에 다시 물을 들여 주시려는 생각이었다. 그러나 그 꽃잎은 금방 딴 꽃잎에 백반을 넣고 빻아 싸매주었던 꽃잎처럼 곱게 물이 들지는 않았다.

10년 전 뉴욕에 가 있을 때, 그곳에는 네일 숍이 한창 붐을 이루고 있었다. 한 블록마다 네일 숍이 있었는데 단순히 손톱을 청소하는 것으로 그치지 않고 네일 아트로 성업중이었다. 어쩌다 발라 보면 역시 진한 색깔을 발랐을 때 손은 더 깨끗해 보인다. 우리나라에도 봉숭아물이 아닌 매니큐어가 유행되면서 손톱 패션 개념으로 자리매김을 하게 되었다. 이제는 담 밑 작은 꽃밭에 필 봉숭아꽃을 기다리는 일은 차츰 잊혀져 가고 있으니 아쉬운 일이다.

집안에 큰 일이 있을 때나 손님을 많이 초대할 때면 나는 곧잘 진한 색깔의 매니큐어를 바른다. 물을 많이 만지고 음식물을 다루다보면 손톱 밑이 지저분해지거나 손이 거칠어 보이기 때문이다. "엄마는 왜 일할 때만 매니큐어를 발라요?" 아이들이 어렸을 때 한 번씩 물어보던 질문이었다. 그러고 보니 손톱에 얽힌 잊지 못할 일이 생각난다.

우리 아파트 단지 안에는 몇 십 년은 됨직한 우람한 오동나무가 있다. 이 나무의 열매가 천식에 좋다는 말을 들은 적이 있어 천식을 앓는 아우 생각을 하고 있었는데, 마침 오동나무의 가지치기를 한다기에 그릇을 챙겨들고 단

숨에 달려갔다. 잘라낸 가지에 달려있는 열매를 정신없이 따다 보니 손톱 밑이 새까매졌다. 게다가 갓 베어낸 가장이와 열매에서 끈적끈적하게 묻어나는 진 냄새가 여간 독한 게 아니었다. 목장갑을 끼고 작업을 했어야 했는데 급한 마음에 미처 생각이 거기에 못 미쳤던 것이다.

큰 소쿠리에 가득 담아온 열매의 겉껍질을 까기 시작했다. 말려서 달여 마시고 동생의 천식이 조금이나마 낫게 된다면 얼마나 좋을까. 그렇지만 내 손톱이 큰일이었다. 아무리 비누로 닦아내고 씻어도 손톱 밑에 배어든 까만 진은 지워지지 않았다. 일부러 손빨래를 해보기도 하고 더운 물에 담가 불려 보기도 했지만 진은 조금도 닦이지 않았다.

한동안 어디를 가든 누구를 만나든 나는 손을 내놓을 수가 없었다. 추울 때라면 장갑을 끼면 되겠지만, 검게 물든 손톱이 왜 그렇게 부끄럽던지. 그 물감은 거의 한 달이 지나면서 서서히 희미해져 갔다. 손톱 밑이 지저분해 신경을 쓰던 때를 떠올리자 문득 여인이 보이기 시작했다.

여인의 손톱은 무척 고단해 보인다. 지치고 영양 결핍인 듯 했다. 손톱 밑의 때를 닦을 새 없이 많은 일이 산적해 있을 여인의 환경을 상상해 보았다. 손톱은 주인이 가꾸지 않아 아무렇게나 자란 모양새다. 매니큐어를 하려고 일부러 기른 게 아니라 바쁜 생활로 미처 손질을 하지 못한 손톱 같았다.

종잇장 뒤집듯 생각을 바꾸니 그녀의 삶이 눈앞에 펼쳐졌다. 잠시나마 여인의 손톱을 바라보며 가졌던 생각들이 부끄러웠다. 분명 그 여인은 종종걸음으로 하루를 사는 부지런한 주부이며, 뙤약볕 아래에서 채소를 가꾸느라 흙에 파묻혀 지낼지도 모른다. 저녁이면 구수한 된장국에 손수 가꾼 채소로 식단을 꾸미고 가족의 건강을 살피는 알뜰한 어머니임에 틀림이 없을 것이다. '여인의 손은 위대하다'라는 글귀가 흙탕물이 될 뻔한 내 마음 샘에 세차게 소나기를 퍼부었다.

  함께 앉아 있던 시간, 내 잣대로 그 여인을 재보려는 오만의 수렁에서 헤어난 게 기쁘다. 그녀는 지금 내 옆자리에서 검은 손톱에 힘을 주며 무엇인가 열심히 쓰고 있다.

(2003)

가족사진

거실 한쪽 벽에 큼직한 가족사진이 걸려 있다. 이 사진은 큰딸의 약혼식이 있던 날 기념 삼아 찍은 것인데, 사진 속의 얼굴들이 모두 활짝 웃으며 멋지게 어우러진 모습은 마치 한 폭의 그림과도 같다. 그런데 어느 날 문득 그 사진 속에 친정아버지가 계시지 않은 게 눈에 들어왔다. 늘 예사로이 보며 지나쳤던 사진에서 뒤늦게야 아버지의 부재를 보게 되었으니 나의 무심함이 그대로 들어나 죄스럽고 가슴이 아팠다.

혼자되신 아버지를 모시고 산 지가 어느 사이 이십여 년이 되었으나 가족사진을 찍으러 갈 때 우리는 아버지를 모시고 간 적이 없다. 내게로 오셔서 두 번의 가족사진을 찍을 때 아이들은 하나라도 빠질세라 세심하게 챙겼으면서도 누구 하나 아버지를 챙기지 못했던 것이다. 그러면서도 아버지에게 미안하거나 죄송한 마음조차 갖지 못했다.

사진 속에 번번이 아버지의 자리가 없었던 것은 내 마음속에 아버지가 마치 손님처럼 자리를 잡고 있었기 때문일까. 친정아버지를 내 가족의 한 구성원으로 생각하지 못한 것은 어디에 기인된 것일까. 가족사진을 보고 있자니 아버지께 못할 짓을 한 것만 같아 울컥 눈물이 솟구쳤다. 이따금 거실에 나와 앉아 계실 때면 분명 사진을 바라보셨을 텐데, 그럴 적마다 아버지는 무슨 생각을 하셨을까.

6·25 전쟁이 일어났을 때 아버지는 제일 먼저 안방 문설주에 나란히 걸어 놓은 사진틀을 모두 내려 놓으셨다. 방을 드나들 때마다 고개를 쳐들고 발뒤꿈치를 높이 들어야만 간신히 보이던 사진틀을 죄다 떼어놓으니 제일 신이 난 사람은 바로 나였다. 늘 자세히 보고 싶었던 친척들과 우리 식구의 사진들이 촘촘히 붙어 있는 것을 가깝게 볼 수 있다는 게 무척이나 좋았다. 거기에는 카이저수염을 길러 근엄해 보이는 증조할아버지와 가르마가 반듯한 증조할머니 그리고 외가댁 어른들의 모습이 있었다. 백일과 돌에 찍은 내 어린 모습도 들어있었다.

아버지는 사진을 한 장씩 떼어 창호지에 싸서 이불 갈피에 넣으셨다. 그러고는 대청에 걸려있는 태극기도 내렸다. 평소 아버지가 훌륭한 분이라고 생각하게 된 것은, 친구들 집에 놀러 가보아도 태극기를 걸어놓은 것을 보지 못했기 때문이다.

그러나 우리는 짐만 싸놓은 채 피란을 가지 못했다. 한강다리가 끊어지고 마침내 인민군이 동네까지 들어와 죄

없는 사람들을 못살게 굴기 시작했다. 내무서원이 집에 들이닥쳐 싸놓은 짐들을 모두 풀어헤치고 군화를 신은 채 이방 저 방으로 다니다가 이불갈피에 넣어 둔 태극기를 찾아냈다.

태극기를 지니고 있었다는 죄목으로 아버지는 그들에게 끌려가셨다. 아버지를 따라간다고 총부리로 어깨를 맞았지만 그것보다는 그들의 구둣발에 짓이겨진 사진에 신경이 더 쓰였다. 구겨진 사진을 한 장 한 장 펴 아버지가 하셨듯이 창호지에 조심스레 쌌다. 그들은 계속해서 아버지의 책이며 가재도구에 성냥을 그어대고 내가 들고 있는 사진도 빼앗아 불속에 던져 넣었다. 전쟁의 비극임을 알리가 없는 어린 가슴에 시퍼렇게 멍이 들고 말았다.

전쟁이 끝나고 성한 살림살이들은 다 제 자리에 놓여졌다. 안방과 대청에 걸려있던 사진들이 내게 주었던 기억은 정겹고 푸근한 것이었는데, 사진 속에서 만나던 일가 친척들을 다시는 볼 수가 없게 되었다.

집안 대소사가 있을 때면 친척들이 모두 모였다. 일 년에 서너 번 밖에 만나지 못해서인지 부모님은 무척 반가워하셨다. 여러 집안 식구들이 모여 방마다 가득했고 아이들은 제철을 만난 매미들처럼 시끄럽고 왁자지껄 했다.

집안의 종손인 아버지는 이런 날이 제일 좋은 모양이었다. 자식이라고는 딸 하나만을 두어 늘 호젓하게 지내시다가 모처럼 사람들이 북적거리면 사람 사는 집 같다면서 흥분하시곤 했다. 집안 행사가 다 끝나 친척들이 떠나기 전날이면 으레 한자리에 모여 사진을 찍었다. 세발을 버텨놓고 검은 보자기를 뒤집어씌워 놓은 사진기 앞에서 촬영을 했다. 그리고 그 정다운 얼굴들은 다시 만날 때까지 사진틀 속에서 우리와 함께 한 가족이 되어 지냈다.

이렇듯 먼 친척간의 우애까지 소중히 생각하셨던 아버지를 내 옆에 모시면서도 그 뜻을 헤아리기는커녕 가족의 일원이라는 생각마저 빼앗아버린 딸이었으니 내색은 없으셨으나 얼마나 서운하셨을지 가늠이 된다.

며칠 전 우연히 어느 사진관 앞을 지나다가 윈도우에 놓여있는 가족사진을 보게 되었다. 노부모를 가운데 모시고 감싸듯이 서 있는 자손들의 모습은 참으로 화목하고 평화로워 보였다. 표정마다 풍기는 따뜻함이 내게도 전해지는 듯 했다. 순간 내 거실에 큼직하게 걸려있는 사진과 비교가 되어 얼굴이 화끈거리고 부끄러운 생각에 그 사진 앞에 더 머물 수가 없었다.

앞으로 몇 번이나 더 가족사진을 찍게 될는지 모르지만 또 그때까지 아버지가 계셔줄는지 모르지만, 그때는 꼭 아버지를 모시고 함께 찍으려고 한다. 그래야만 비로소 완벽한 가족사진이 될 수 있기 때문이다.

(1994)

발소리

    지축이 흔들린다. 열차를 갈아타기 위해 사람들의 행렬에 끼었다. 이른 아침이라선지 사람들의 표정이 저마다 굳어있다. 갈 길이 바쁜 발소리 뿐…. 서로 주고받는 말 한마디 들리지 않는다. 그저 묵묵히 걷는 이들. 이따금 어린아이의 울음소리가 들릴 뿐, 내 발소리는 하염없이 그렇게 침묵 속 적막으로 묻혀가고 있다.

    작은 숨소리조차 들리지 않는다. 투박한 구두소리, 가벼운 단화소리, 운동화와 뾰족한 하이힐 소리가 적막을 깨고 있을 뿐이다. 지척거리는 발소리와 급한 일이 있는 듯 허둥대는 발소리, 이들은 모두 어디로 가는 것일까. 저마다 가야할 곳이 있음에 긍지와 책임을 느끼며 걷는 걸음인 것만 같다. 가지 않으면 안 되는 곳이기에 빠른 걸음을 재촉한다. 어떤 발소리는 힘없이 질질 끄는 소리, 또 어떤 소리는 군인처럼 씩씩하다. 모델처럼 예쁜 발소리도 들린다.

    제가끔 그날의 기분에 따라 맞게 발소리는 다양하다. 이른 아침의 발소리는 대개 힘이 있고 활기차게 대합실을 울린다. 힘이 넘치는 소리다. 나는 그들 틈에 끼어 군인처럼 모델처럼 걸어본다. 내 마음의 소리가 시키는 대로 걸음걸이에 신경을 써본다. 흥미롭다. 마음을 즐겁게 지시가 내리면 발걸음은 산뜻해진다.

걸음걸이는 그 사람의 건강을 가늠할 수 있다. 이렇듯 신경을 쓴다면 젊게 살 수 있지 않을까. 걸음걸이와 신체적 연령은 비례하니까. 어떤 분을 만나 이야기하는 중에 "요즘 난 챠밍반에서 공부를 하거든…." 책을 머리에 얹은 채 스텝을 밟는 훈련을 한다는 것이다. 60대 후반의 나이 지긋한 분인데 장하고 존경스럽다. 나이를 더해갈수록 체격이 변해가고 걸음걸이 또한 달라지기에 여간 신경을 쓰지 않으면 균형이 깨지게 되니까 노력을 해야 한다는 그분의 말을 들으면서 좀 더 깊은 생각을 하게 되었다.

역시 그분은 50대의 몸매와 걸음걸이를 지니고 있다. 굉음을 내며 다음 기차가 들어온다. 앞 사람들의 뒤를 따라 황급히 차에 오른다. 자신을 관리하며 쉴 새 없이 노력한다면 힘이 있고 멋있는 발소리를 낼 수 있지 않을까.

한 발 한 발 걸음을 옮길 때 발소리에는 그 사람의 마음이 엿보인다. 어떤 이는 다시 되돌아와야 하는 그 적막에 목말라하기도 하고, 어떤 이는 다시 되돌아올 수 없는 그 한걸음에 자신의 혼을 담는다. 자신이 내딛는 걸음에 후회를 하지 않기 위해서 난 매일 아침 어떤 발소리를 세상에게 들려주어야 하는지 마음속 또 다른 나와 깊은 대화를 나눈다. 그래 걷는 거야 힘차게.

문득 무대에서의 순간을 떠올려본다. 숨이 막힐 듯하다 긴장감이 엄습한다. 닮고 싶은 이의 걸음걸이를 본다. 세계적인 음악가, 그녀의 걸음걸이는 감동적이다. 모든 이들의 호흡을 멈추게 한다. 58세의 가녀린 체구와 걸음걸이는 그야말로 열정과 아름다움이었다.

지금, 나는 내 안의 어떤 소리에 맞추어 걷고 있는가. 제대로 세상의 보조에 맞추며 잘 걷고 있는지. 늘 생각하며 자세를 바로하고 긴장하는 가운데 발소리는 탄력을 받고 삶의 활력을 실어주는 것 같다.

이순의 나이에도 힘 있는 발소리를 만들어가려는 의지를 가진 멋진 사람들의 인생철학을 나도 지니고 싶다. 이따금 마음이 울적하고 처질 때 나는 지하철을 타러 간다. 어디든 그 행렬과 동행할 때면 여러 종류의 발소리에 내 지친 영혼은 상쾌하게 업그레이드가 되기 때문이다. 적당히 울려 퍼지는 발소리들, 그 소리는 이상한 마력으로 적당히 충동을 느끼게 하므로.

처지고 기운 없는 내면의 문을 열게 하는 발소리, 그 발소리를 만들기 위해 땀이 나도록 힘차게 열심히 걷는다.

(2007)

공초 군단과 청동다방

얼마 전 문학계의 원로 선생님을 뵙게 되었다. 그 자리에서 우연히 60년대 명동거리에 관해 화제를 피웠는데 주종을 이룬 것이 '청동다방' 이야기였다.

옛 국립극장에서 명동 한복판을 가로지르는 큰 도로는 퇴계로를 마주보며 쾌적한 상가가 형성되어 있다. 청동다방에 들어서면 이상하게도 노스탤지어의 냄새가 배어 있어 문인이나 화가들이 많이 찾았다. 이른 아침부터 공초(空超) 선생님 군단이 모여들기 시작하면서 다방은 활기가 넘치기 시작한다.

내가 처음 공초 오상순(吳相淳) 선생님을 만나게 된 것은 여고 졸업반 때 선배를 따라 청동다방에 갔을 때다. 궐련을 입에 문 채 담뱃재가 길게 매달려 있는 것도 모르고 문인들과 이야기에 열중하고 계신 선생님의 모습은 매우 인상적이었다. 탁자에는 두툼한 사인북이 놓여 있어서 누구든지 하고 싶은 말이나 쓰고 싶은 글줄을 적어 놓도록 되어 있다. 이때를 계기로 학교만 끝나면 나는 담배 한 곽을 사가지고 선생님께로 갔다. 여학교 교복을 입고 다방에 드나드는 사람은 나뿐이었다. 차츰 나는 그곳의 일원이 되어갔고 연로하신 선생님들은 내게 '꼬마 문인'이라는 별명까지 지어주며 귀여워해 주었다. 차츰 그곳을 드나드는 게 내게는 당연한 것처럼 자연스러워졌다.

대학 입시를 얼마 남기지 않은 때에 신문 '청동'이 발간되었고, 나도 그 작업에 참여를 했다. 한 달에 한 번 만들어내는 것이어서 그리 힘들지는 않았다. 작품은 읽었으나 한 번도 뵌 적이 없는 K선생님을 비롯하여 J선생님, 여러 유명한 분들의 글을 싣게 되어 여간 기쁘지 않았다. 매일매일을 들떠 명동거리를 오가며 대학 신입생 시절을 보냈다. 철필로 써서 만드는 신문은 의외로 인기가 있어서 청동다방에 단골로 다니는 일반손님마저 구독을 해주어 만드는 내게 힘을 실어주었다.

명동의 명물로 차츰 문인들 간에 소문이 난 청동다방은 영업이 잘되는 것처럼 보였지만 사실은 실속이 없다는 주인의 속사정을 들었다. 늘 오는 단골손님은 있으나 차 한 잔을 시켜 놓고 거의 하루 종일을 보내곤 하기 때문에 정작 손님이 밀려든다 해도 비켜 달라는 말을 하지 못한다고 했다. 공초 선생님의 경우도 그와 비슷하기 때문에 조금은 미안스러웠다. 한창 친구들과 어울려 놀러다니고 즐길 나이건만 나는 어쩐 일인지 그쪽으로는 전혀 흥미가 없었던 것 같았다.

공초 사인북이 6호를 새로 열었다. 그날 첫 장엔 이미 작고하신 P선생님의 사인이 올라갔다. 어느 날 목포에서 정규남이라는 청년이 다방을 찾았다. 사인북에 그의 시 구절을 써넣었다. 구절마다 서정이 흘렀다. 나는 언제나 저런 시를 쓸 수 있을까 부러워하다 보니, 그 선배가 『학원』지 선배 동기임을 알게 되었다. 한참 후에 그 청년이 세상을 하직했다는 소식이 들려왔다. 세월이 흐르듯 모든 것은 지나가고 또 새로운 일과 사람과의 인연 사이에서 돌고돌며 살아가고, 그러면서 사인북은 한 권 한 권 늘어가고 있었다. 여전히 공초 선생은 떨어질 듯 말 듯한 담뱃재를 흔들면서 초승달처럼 웃고 계셨고, 주위에는 공초 군단들이 둘러싸고 앉아서 해가 지는 줄도 모르고 이야기를 하다가 다방이 문을 닫을 때에야 함께 일어서곤 했다.

> 나와 시와 담배는
> 이음동곡(異音同曲)의 삼위일체
> 나와 내 시혼은
> 곤곤히 샘솟는 연기
> 끝없는 곡선의 선율을 타고
> 영원히 푸른 하늘 품속으로
> 각각 물들어 스며든다.

공초 선생의 「나와 시와 담배」의 시구이다. 담배연기 속에서 자신과 시와 담배에 차별을 두지 않은 공초 선생은 배꽃 같은 시인이다.

　나의 문학으로의 첫걸음은 공초 선생으로부터 열렸다. 『새벗』, 『소년세계』, 『학원』지와 함께 문학의 어린 꿈을 키워왔지만 성장기에 선생님을 만난 것은 큰 행운이었다. 단발머리를 나풀거리며 교복 차림으로 드나들기 시작했던 청동다방은 나뿐만 아니라 그 시대에 가난하지만 페미니즘을 강조하던 많은 문인들에게 따뜻한 안식처가 되어주었다.

　선생님이 떠나시고 난 후에는 청동다방에는 다시 가지 못했다. 신문도 중도에 폐간하고 공초 군단들도 뿔뿔이 떠나갔다. 사인북은 어떻게 되었는지 나는 알려고도 하지 않았다. 선생님 장례를 치르던 날 이미 모든 것을 묻어버렸기 때문이다. 하루도 거르지 않고 드나들던 담배 가게는 피해 다니면서도 선생님이 안 계신 명동 거리는 여전히 걸어다녔다. 시간이 어서어서 흘러가기를 바라면서.

　파이프를 물고 빙긋이 웃으시던 얼굴, 하얀 재가 길게 매달린 궐련을 피워 물고 미소를 짓던 선생님을 기억해 본다. 그때 사인북에 글을 올렸던 사람들은 다 어디에 있을까. 이제 나는 수십 년이 지나 다시 글을 쓰고 싶어 책상 앞에 앉아 있지만, 공초 사인북에 써넣었던 소녀시절의 글줄보다도 못한 글이 되지나 않을까 새삼 두려울 뿐이다.

(1988)

해바라기

담 너머로 웃고 있는 해바라기가 좋다. 언제부터인가 나는 해바라기가 넘겨다보는 돌담길을 자주 찾곤 한다. 바로 갈 수 있는 길을 일부러 돌아 발걸음을 그리로 돌리는 것이다. 넉넉한 얼굴로 노랗게 웃고 있는 모습을 보면 내 마음도 따라서 넉넉해진다. 해님만 바라보고 사는 해바라기의 일편단심이 좋다.

나의 해바라기는 여섯 아이들이다. 오로지 그 아이들을 쳐다보며 이 자리까지 왔다. 내 해바라기들은 얼마나 많은 기쁨을 안겨주었던가. 빨간 해바라기, 노란 해바라기, 파란 해바라기, 각기 색깔과 개성을 지닌 해바라기들은 내게 큰 기대와 삶의 희열을 주었다. 그들로 해서 나는 보람을 느꼈고 사는 것이 즐거웠다.

그랬기에 내 해바라기들은 끊임없이 내 곁에서 이어 피면서 언제까지나 제 자리에 서 있을 줄 알았다. 그런데 언제부터인가 자기만의 밭을 일구고 씨를 뿌리며 모종을 정성스레 가꾸기 시작했다. 제각기 바라보아야 할 자신만의 대상을 만들어가느라 바쁘고 분주해지는 모습을 나는 그저 바라보고만 있어야 했다.

　내 주위에는 부부 중심으로 살아가는 이들이 많다. 우리와 달리 아이들이 우선이 아니라는 생각을 지닌 사람들이다. 둘만의 조촐한 외식을 즐기러 나가기도 하고 둘만의 여행을 즐기기도 한다. 그들은 부부 중심의 생활을 강조했지만, 우리 내외는 그런 생각을 받아들이지 못했다.

　나는 지금껏 아이들을 위해서 헌신하고 아이들 중심으로 가정을 꾸려나가는 게 옳다고 여기며 살아왔다. 아이들이 재산이요 아이들에게 투자하는 사업이 가장 가치가 있음을 강조하며 그렇게 수십 년을 지내왔다. 우리 내외의 그런 가치관은 이 시대에서 벗어나고 뒤떨어진 생각일 수도 있음을 알면서도.

　내 아이들은 각기 다른 모습들로 성장했다. 만지기도 아까운 크리스털처럼 조심스레 보듬고 가꾸어 이제는 어엿한 사회의 일원이 되었다. 이제 그애들은 자신들이 해바라기할 대상을 찾느라 분주하다. 그러고는 저마다 씨를 뿌리고 비료를 주어 튼실한 해바라기를 키워가고 있다.

　내가 살뜰히 보살펴주던 아이들을 하나씩 떠나보내고 왜 이다지도 허탈한가. 우리 내외는 서로를 바라보며 마지막 삶을 가꾸어야 하는데, 마주 보는 마음은 그저 쓸쓸하기만 하다. 떠났던 아이들이 모이면 식탁이 풍성해지고 집안은 활기에 넘치지만 우리 내외만 있는 집안은 적막할 뿐이다. 둘만의 대화를 찾느라 애를 쓰다가도 문득 돌아

보면 역시 아이들에 대한 화제만을 입에 올리고 있음을 알게 되고, 그래서 또 우리는 마주보며 허전한 웃음을 흘린다.

우리 내외가 걸어온 삶의 뒤안길에는 늘 아이들이 있었다. 우리가 스러져 갈 그날까지 그 여섯 해바라기 뒤에 우리는 서 있을 것이다.

오늘도 나는 토담 울타리 너머로 훌쩍 키가 커버린 해바라기를 만나러 간다.

(2003)

연보

1939년   서울 동대문구 창신동 167번지에서 홍순호와 윤유
         자 사이의 무남독녀로 태어나다

1944년   가회동으로 이사 후 종로구 혜화초등학교에 7세
         입학

1944~   새벗, 소년세계, 학원지에 시와 산문 게재

1946년   새벗사 주최 세계아동미술전시회 동상

1950년   진명여중 주최 전국 초등학교 붓글씨대회에서 1등
         수상

1950년   피난 중 천안여중 입학

1953년   이화여고 입학 1학기 중 진명여고 고2로 월반 편
         입

1953년   이화여대 주최 제1회 전국여자고등학교 문학콩쿨
         수필 '거울' 우수상 수상

1953년   학원 지 시 우수작 당선

1954년   문학예술사 박남수 선생 시 추천 2회

1955년   문학예술사 폐간으로 3회 추천 불가

	명동 '청동다방' 오상순 선생 사인북관리와 '청동신문'(철필로 써서 등사판으로 복사함) 만듦
1956년	이화여대 문리과대학 국어국문학과 입학
	명동 '동방살롱'에서 시 낭송회 개최
1957년	정을병, 이제하, 김종원, 유경환 김영태 선생 이하 10여 명으로 구성, '신문원동인회' 발족
1958년	이화여대 앞 천막학교 '새마을 소년의 집'에서 직업 소년소녀들에게 국어와 음악 티칭
1958년	윤형두 선생 주관 '새얼' 동인지 창간호 발간
1960년	이화여대 졸업 후 코리언리퍼블릭(현 코리아헤럴드)지 기자 입사
1962년	코리언리퍼블릭 파견 일본 재펜타임스 근무 (1년 6개월)
1964년	허참과 결혼
1967년	중앙방송국 주최 어버이날 수기공모에 당선
1968년	김영태 선생 시화전시회에 시화 출품 전시
1975~	다섯 딸의 음악콩쿨 및 유학을 보내는 시기로서 자신의 일은 중단됨
1993년	이정림 선생 추천 '닫혀진 문'으로 수필공원 (현 에세이문학) 등단
1995년	진명여고 출신작가 동인회 발족, '자핫골' 제1회 출간하여 현재까지 매년 동인지 출간
1995년	조병화 선생 추천으로 〈문학공간〉 시 등단

1996년	예술의전당 초청, 자녀들로 구성 허트리오 창단을 기하여 자녀 공연기획에 전념
1996년	수상집 ≪쟤들이 내 딸이에요≫ 출간 〈허트리오〉 창단공연 기념)
1998년	조선일보 '일사일언' 6회 게재
2000년	한국수필문학진흥회 에세이문학 기획위원
2001년	이화동창문인회 이사
2002년~2003년	한국수필문학진흥회 감사 역임
2004년	〈에세이21〉 창간(이정림 선생 발간)기획위원
2005년	〈현대수필〉 이사
2006년	첫 수필집 ≪뒷모습의 대화들≫ 출간 한국문예진흥원 '우수문학도서' 선정
2006년	서초문학상 수상
2007년~2009년	서초문인협회 부회장
2008~2011년	한국수필문학진흥회 부회장 역임
2012~2014년	한국수필문학진흥회 부회장 역임
2011~2012	서초문화원 발간 〈서초문화〉 편집위원 역임
2014년~2015년	서초문화원 주최 백일장 수필부문 심사위원
2015년	두 번째 수필집 ≪숨어있는 꽃들≫ 출간
2016년	국제펜 한국본부 이사
2016년	한국수필가협회 일반이사
2016년	범우사 〈책과 인생〉에 '연주가의 길' 9회 연재
2016년	〈허트리오〉 20주년 기념초청 연주회 기념

수정 증보판 ≪재들이 내 딸들이에요≫ 출간

2016년   이화동창문인회 문학상 실행위원

2017년   서초문인협회 이사

현재

한국문인협회회원, 서초문인협회이사, 한국수필문학진흥회 기획위원, 에세이21기획위원, 현대수필이사, 국제펜 한국본부 이사, 한국수필 일반이사, 이화동창문인회 문학상 실행위원 및 이사